東方今昔奇譚

原 国太郎
Hara Kunitaro

幻冬舎MC

東方今昔奇譚

目次

弥生編

王城は炎上していた。

目を凝らすと、城壁の上でうごめく、越軍の軍旗や兵士たちまでが見える。

ぽろっと緑金色の粒のような何かが城壁から落ちた。王宮の貴人が投げ殺されたのだろうか。ロユユは身震いした。


兵士たちから、親しみを込めてユユ隊長と呼ばれている彼は、東の運河沿いに一隊を率いて待機していた。越の侵攻と撃退は、最近では日常茶飯事になっていたが、今回は大軍らしい。何の指令もこないのに業を煮やしていたところに、傷を負った兵が小舟で流れ来て、王城から出撃した本軍の大敗を告げたのだった。

王城に駆けつけてみるとしかし、守るべき対象は既になかった。

たかが数百人の小部隊でこんなところをうろうろしていて、敵が王城から出て来たらひとたまりもない。副長格のダヌは、「戦って一矢でも報いやしょう」と言ったが、ロユユは、ひとまず北にある江《こう》にまで退避することにした。越軍は南から侵攻してきたわけだから、心理的にも北に逃れてくる者が多いであろう。そこで船を確保しておき、もし呉王や王族が逃れ来れば、そこにも呉の支配が及んでいる江の北の地に移り、勢力を立て直すことが出来るかもしれなかった。

東の運河まで戻り、数隻の船に分乗して北へ向かいつつ、数か所で岩を沈めて運河を通れなくした。何ごとも、造るよりは壊す方がはるかに簡単である。

支流に入ると、二日も経たないうちに江に着いた。見渡す限り水面が広がっており、このあたりでは既に対岸は視界の彼方であるため、まるで海か湖に来たようである。

ロユユは、ありったけの船を確保するように指示し、兵を江の両岸沿いに派遣した。

数日もすると、農民たちが王城の郊外から逃れて来て、「呉王に仕えていた文官・兵士はことごとく殺され、男は奴隷として連れて行かれ、残された女子供は、越の兵士や役人から、豚のように扱われている」と口々に言った。

ダヌは、その名の通り大きな体を震わせて怒ったし、兵士たちも罵ったり嘆いたりした。だが、まさにそのような非道を、かつて父王の仇だとして越の地で行ったのは、他ならぬ呉王だったからには、因果応報と言う他なかった。

呉国は、中原諸国からは南蛮と陰で馬鹿にされながら、南方随一の傑物と謳われた、ング（伍）将軍が丹精を込めて育成した軍勢によって強国となった。

ロユユも武官に任用されたばかりの頃は、ング将軍の、厳しいが思慮に満ちた指導を受けたものである。体も心も大きな人であった。

それよりもずいぶん前、ロユユがまだ字《あざな》ももたない子供の頃、呉は越を征服し、呉王は臣従を誓って命乞いをする越王を許したが、呉に連行し、馬小屋の番をさせるなどして辱めたのである。呉王と、一緒になって嘲笑った呉の廷臣たちに対する、小とはいえ一国の主であった、越王の恨みはさぞ深かろう。

ング将軍は常々、越王を生かしたばかりか国に戻してやった呉王の不明を嘆いていた。

そのング将軍が、王に死を賜ってからというもの、呉は下り坂を転げ落ちるように弱体化し、従属国であったはずの越の攻撃を受け続け、ついには王城までが陥落したのだった。

そして、大量の難民が来た。

その頃には、江の上流にある楚との交易に使われる大きなものから、江の北や近隣との輸送に使われる小ぶりなものまで、合わせて四十を超える船が集まっていたが、もっと小さな舟まで動員しても、江の北に渡すのに何往復もしなければならないほどであった。

敗残兵や下級貴族である士も混じっていたが、大夫であるロユと同格以上の者は一人も来なかった。越王の、呉の旧支配者層に対する処置が、それほど徹底しているからであろうか。

そこに、運河や支流沿いに小舟で放った偵察隊の一つが、越軍北上の知らせを持って大急ぎで漕ぎ戻ってきた。軍旗の数だけで数十というから、一万の兵を超える大軍である。豪気なダヌも、もう戦うとは言わなかった。

我々も江の北に逃れましょう、と言う兵もいた。一帯の船は全て確保したはずであるから、北に渡って船を燃やすなり隠してしまえば、しばらくは越軍も江を渡ることはできないだろう。しかし、越がそれだけの軍勢を北上させてきた目的は、江の北を含む呉領全域の制圧にあるに違いない。越も水の多い南の地から来ているのである。移動に使ってきたであろう船を回航するなり、王城周辺から徴発するなりして、遅かれ早かれ、江の北にやって来ると思われた。


ロユは迷った。

江を東に下った、海にほど近いところにある故郷に戻って、平穏に暮らしたいと強烈に思った。そうして家族と共に、運を天に祈るのも一つの選択であるが、位階を示す布の冠や上衣は脱ぐことができても、南方の風俗である、家柄に相応しい顔の入れ墨は消すことができない。

かといって北に逃れても、運が開けるとも思えない。呉の支配地のさらに北は斉国だが、言葉も異なり、麦や豆を作る中原文化圏の大邦であり、呉が中原への進出を図るにあたって何度も戦を仕掛け、邑々を奪ってきた相手である。この機に乗じて報復に出るか、少なくとも旧領を回復しようとするに違いない。ング将軍のようなよほどの有名人であればともかく、一介の大夫や兵士たちを温かく迎えてくれるとはとても思えない。

楚や呉や越といった南方諸国は、稲の栽培を基礎とする暮らしは共通しつつ、それぞれの独自の文化を誇りにしている。呉も、政治や軍の制度は中原に倣っていたし、王宮では中原の文字が使われてはいたが書記官などごく一部の者のみしか用いなかった。

考えてみれば、越軍がこれほど早く大規模に江の北を目指して来るのは、斉との国境を固めようとしているからに違いなかった。

家族親族を連れて、どこか遠いところに逃がれられればと思い、ふと、東の海の彼方に、土地が広がっていると言われていることに思い至った。全く人の居ない未開の地だと言う者も居たし、仙人や仙女が住んでいる島だという説もあった。

実際これまでにも、新天地だか理想郷だかを目指して船を仕立て、旅立っていった者たちが居る。

ロユユは、兵士たちや、残って他の者の脱出を手伝ってくれている避難民たちに、突飛だと思われるであろう、その考えを話した。話しているうちに、ロユユの心は、実際にその新天地にたどり着いて、戦や政事の悩みのない暮らしをするという考えに、さらに惹かれていった。ロユユは、兵士や避難民に、希望する者は連れて行くし、江の北を目指す者は送り届け、それぞれの故郷に戻りたい者には、人数に応じた船を割り当てると言った。

一部の兵士たちは、故郷に戻るのを選んだ。越に連行されないことに賭けようとするか、逃げるにしてもまず家族と合流しようとする者たちだ。江の北へ向かう者も少なくなかった。海を渡るという考えに、恐れを為した者も居ただろう。けれども、ダヌや一部の兵士、それから多くの避難民が、ユユ隊長と行動を共にすることを希望した。兵士は、ユユ隊長を慕いその判断を信頼している者たちだったが、避難民にはもう戻る故郷がないのである。新天地に行く、という言葉は魅力的だった。

ロユユは、残った船団を東に向かわせながら、両岸の村に船を派遣し、王城の炎上と越軍の横暴を伝え、希望する者が居れば船に乗せると共に、食料や物資を買い求めさせた。

翌日の夕方には、王城から東の江沿いでは唯一の城（まち）と呼べる、土壁で周囲を囲まれたセイの邑に着いた。

多くの船の到着に驚いて出てきた邑の主、サン（沈）大夫は、丸顔の眉を不審げにひそめた。「陸家のご子息ですな」と改まって挨拶をするサン大夫は、ロユユの母方の遠戚にあたるが、陸家は新興であり、沈家とさほど親交が深いとは言えなかった。

しかし、落ち着いていられたのも束の間、ロユユの話を聞いて、サン大夫は青ざめた。

ロユユが、呆れられるのでなければ鼻で笑われるかと思いながら、「海の彼方を目指す」、と言うと、サン大夫はしばし黙っていた。そして館に戻ると、しばらくして、十数人の家族や召使いを連れて戻って来た。中には美々しい衣を着た大夫の娘か妹と思われる者たちや、十歳くらいの子供も何人か居る。そして、「この者たちを連れて行ってくれ」とロユユに頼んだのだった。

「大夫はどうされるのか？」と聞くと、「邑を預かる私が逃げ出すわけにもいくまい。呉にも肝の据わった者がおるのを見せねばな」と小柄な体を伸ばして言った。

その晩、ロユユは兵士たちに、セイの邑に残りたい者は残ってよいと言った。一方、サン大夫は邑の者たちに、東を目指したい者は、セイにまだ残っていた二隻の船に乗るように言い、邑の倉庫から食料や薪や土器や布を積み込んだ。セイの邑は江の南岸にあったし、いずれにしても船を残しておくわけにはいかなかった。


翌朝セイを出て、その日の夜には、江の支流を南に少し入ったところにある、ロユユの故郷の鄙びた村にたどり着いた。陸家は、この村と付近の湿地を開拓した一帯の領主である。

元気な父母と弟妹たちに会うと心が和んだ。

だが、それからが大変だった。何日掛かるか分からない航海に十分と思われる食料やその他の物資を集めるのは困難だったし、年老いた父母や村人に、海を渡るように説得するのはさらに困難だった。越の手酷い扱いを信じないわけではなかったが、危機が目の前に迫らないうちに、土地や財産を捨てようと思う者は少ない。


それでも、ユユ兄に付いていくと決めた弟妹や村の若い者たちの懸命の努力によって、数日のうちには、大きめの船十数隻に、およそ数か月分の食料と水の入った壺、帆布や綱、鋤や斧などの道具や大切な種もみなどを集め、積み込むことができた。しかし、大きいとはいっても川船である。海を往くのに耐えられるかどうかは、いかにも心もとなかった。無事に海の向こうにたどり着けたとしても、厳しい暮らしになるだろう。

ロユユは、一部の者たちを先に出発させることにしたが、ユユと弟妹がいくらなだめてもすかしても、父は「あるかどうかもわからぬ地を目指して海の藻屑になりに行くくらいなら、この家で死ぬ方がましじゃ」と言い、母と揃って涙を流すばかりである。

ロユユは、ダヌに先発隊を率いるように命じたが、ダヌは兵士たちと顔を見合わせ、自分たちだけで出発するのは嫌だと言った。考えてみれば、国を失くした役人のロユユに、もはや命令する権限はないのかもしれなかった。

それならば、とダヌに「残った者たちに準備を続けさせ、越軍が迫ったら脱出の指揮を執ってくれるか」と聞いたら、ダヌは「引き受けましょう」と言った。そして「越のやつらが来たら、引きずってでも、隊長の父母様を連れて行きますわい」と言ったのだった。


その翌日、空一面に雲が広がり、海は陰気な鉛色だったが、風は良く吹いていたので、ロユユは出港を決めた。出発を延ばしても貴重な食料が減るだけである。

見送る父母やダヌや残留組の兵士たちが見えなくなると、ロユユは、呉の王宮での位階を示す冠を海に捨てた。上衣は既に、行く先では使い道がないであろう他の全ての金目の物と共に、ダヌに渡してきている。

しかし、武官としての然るべき地位を示す、柄や腹に装飾を施された青銅の短剣だけは、手元に残していた。手放すには忍びない品であったたし、なんといっても無事に着いた時に武器が要らないなどと、楽観はできなかったからである。

＊＊＊＊＊＊＊＊＊＊＊＊

村の真ん中にある広場は、大いに賑わっていた。

丘者（おかもの）の一団が、秋の獲物を持って、訪れているからだ。

丘者たちは、持参したシカやイノシシの肉と毛皮、鳥や兎、椎の実やそれを粉にして焼いた菓子、アケビや山葡萄、骨で作った腕輪や貝殻で作った釣り針、石の鍬頭や石斧などを広げ、それに対して、穫れたばかりの今年の米を壷や俵に入れた里者（さともの）たちと、お互い片言で楽しげに交渉をしている。

秋は、丘者にとっても実りの季節だが、丘者からは里者と呼ばれる村人たちにとっては、米を収穫してもっとも気前の良くなる時なのである。

しかも今年は豊作だった。

村の長は、一頭の立派な角のある大きな牡鹿と何羽もの山鳥を目の前に横たえ、どことなく悠然とした雰囲気のある、体格の良い丘者の若者に目をとめた。

手足が長く、鼻筋の通った顔だちにくっきりとあご髭と口髭を蓄え、鹿皮の短衣と脛を覆う靴を身に着け、弓矢を背に負っている。腕の立つ猟師であるに違いない。

若者の視線を追って、長はふと、すぐ隣の家の陰からも、若者を見つめている若い女が居るのに気付いた。

名をユィリといい、長の弟の娘だったが、村ではここ最近、若者たちの人気の一二を争う美人に育っていた。別に姪でなくとも、さほど大きな村でもなく、長が名前と顔を知らない者など居ない。それどころか長は、丘者にも見知った者が多かったから、このような若者を知らなかったのが意外なくらいである。ユィリは、長が見ているのに気付くと、恥ずかしそうに俯いて隠れてしまった。

ははあ、と長は思わずにやりとした。

一人の村人が若者に近づき、交渉を始めた。若者は、米が欲しいのではないらしい。丘者との主な交換品には米の他に、塩や土器や布、米で作る餅や酒もあった。しかし、若者は首を横に振っている。

興味を覚えて、長は若者に近づいた。

「何が欲しいか？」長は、あまりうまくない丘者の言葉で若者に尋ねた。村人と若者は揃って長に軽く頭を下げた。若者も、彼が里者の長であるのを知っているのか、もしくは身に着けている玉石の首飾りや凝った顔の入れ墨から判断したのだろうか。

若者は、自分を指差し「アトウル」と名乗った。そして、「光る矢が欲しい」と丘者の言葉で言い、「青銅の鏃」と里者の言葉で言い添えた。

「すまんが、手元にない」長は自分の言葉で言ったが、若者は分かったようだった。青銅は、天気の良い日には水平線にかすかに見える、湾の向こうの村との取引によってごくまれにもたらされる貴重品である。長の元になければ、おそらく村中を探してもないであろう。

長は、ふと「手に入ったら、届けよう」と言ってしまった。なんとなく、この若者の希望を無下にできないような気がしたからであったが、取り様によっては、まだ手に入っていない物を、現物と交換しようとする愚か者だと思われたかもしれない。

ところが、若者はうなずくと、牡鹿を長の方へ押しやった。何時とも幾つとも交渉せず、これだけの品を差し出すというのは、常識から外れている。それでも若者は、具体的な条件を言い出すつもりはなさそうだった。

豪気な若者だ、長は思った。こうなると、断ったり、具体的な交渉をするのも無粋であろう。相手が里者の長だと知ってそうしているのであれば尚更である。

長はにっこり笑って「受け取っておこう。手に入ったら、届ける」と言った。

若者も長に、にやっと笑い返した。

日が傾くと、丘者たちは品物を持って引き上げていった。丘者たちの集落は、その名の通り丘の上にあるが、その丘というのも村からよく見えるほどの近さであり、村の脇を流れる川沿いに歩いていけば、日が暮れる前に着けるのだ。

里の村の周りには、背の高さの木の柵がめぐらされており、夕暮れと共に海側と丘側にある二つの出入り口も閉められる。

その晩、村には、肉を焼く旨そうな匂いが立ち込めた。

*

秋が深まると、誰もが楽しみにしている、漁祭りが行われる。

普段は、取引の時以外あまり交わらず、半ば意図的に半ば自然と活動範囲が分かれている丘者と里者だが、この時ばかりは双方の若者たちが共同で行うのが習わしになっており、夏の間に、麻を編んで網を用意するのは里の、山から木を切り出して筏や丸木舟を作り、時が来たら川を下って浜まで持って来るのは丘の仕事である。

朝、浜に集まって賑やかに騒いでいる若者たちを、およそ十数の舟に割り振り、湾の中で散らばるべき方角を指示したのは、アトウルであった。舟を操るのは、手足の長い丘の若者たちだが、網を扱うのは、頬に入れ墨を施した里の若者たちである。既に知った仲も少なくなく、そのような者たちは率先して組となった。

アトウルは波打ち際まで行き、両手を海の水につけ、ついで水平線を見ながら両手をかざして、大きな声で祝詞を唱えた。丘者たちはもちろん、里者たちもアトウルに続いて両手をかざし、言葉が出来る者は、ゆったりとした唱和に加わった。丘者たちにとっては、海は大いなる神の一つであり、里者たちも、海の恵みと漁の無事を祈念することに異議はなかった。

それが済むと、アトウルは、これまでとは違ったやり方をすると言って若者たちに説明し、丘の言葉の分かる何人かの里の若者が通訳をした。

それぞれの舟は、予め割り振られた方向に向かって散らばって行き、真ん中を進むアトウルの乗る舟で大きな旗が振られたのを合図に、今度は木や石を打ち鳴らしながら、浜に向かった。

舟と舟の距離がある程度近づくと、アトウルは再び旗を振った。するとそれぞれの舟は、紐を結びつけた大きな木片を海に浮かべ、向きを変えて今度は浜と平行に移動するのである。木片を次の舟が拾って紐を手繰り始めたら、木片を出した舟は紐につながった網を繰り出す。両端の船は、浜との間に網を張った。網の隙間を埋めるように舟が移動し、浜に向けた半円の輪が完成したら、あとはゆっくりと狭めていくと、網が保つか心配になるほどの魚やなにやらがたくさん獲れたのだった。

魚や烏賊の内臓を取りのぞき、天日に干すのは、浜に近く人数も多い里者の、こちらは女たちの仕事である。

夕方には、浜に大きな篝火が焚かれ、干すのに向かない大きな魚や海老や蟹が焼かれて皆に振る舞われた。また水と海藻と魚を壷に入れ、篝火で熱した石を入れて煮る者もいる。

火の周りには、歌う者あり、踊る者あり、集まった者たちは思い思いに楽しむのだが、丘と里の若者同士で行われる競技もあり、里の長が年長者たちを伴って火の周りに加わるのは、むしろ喧嘩などおかしな騒ぎにならないように、との配慮からである。

アトゥルが、丘者の集団から離れて、焼き魚をとりに篝火に近づくと、先日村で見かけた里の娘が寄ってきた。アトゥルがうなずきかけると、女ははにかんだ笑顔を返し、丘の言葉で挨拶をした。アトゥルが「魚をもらえるかな」と言うと、ユィリは笑って顔を横に振った。さっきの台詞だけ、誰かに聞いて覚えたのだろう。

ユィリは、魚ではなく、別の何かを差し出した。貝殻で作った首飾りである。

アトゥルは驚いて女を見つめた。アトゥルの顔を伺うユィリの瞳が、篝火の光に輝いている。

丘者の習慣では、若い男女が装飾品を送るのは、恋情の表現である。普通は男が贈るもので、女が贈るのは大胆な行為と言える。里の習慣がどうかは知らないが、好意の表現以外には考えられない。

アトウルは一瞬ためらったが、手を差し出した。ユィリはアトウルの手に合わせるように首飾りを渡すと、もう一度アトウルの目をのぞき込んでから、身を翻して篝火の向こう側に行ってしまった。

＊

丘の村に帰っても、アトウルの頭からは里の娘の姿が離れなかった。

それが、ずっと先延ばしにしてきた課題に取り組む踏ん切りを、彼に与えたのかもしれない。

魔物退治である。


北の森に狩りに出かけたムカルが、腕に怪我をして戻り「魔物が出た」と言ったのが真夏の出来事であった。ムカルは丘の長の一人息子であり、力自慢である。

直ちにアトウルを含む何人かの男が、ムカルと共に、一日半は掛かる北の森の奥に向かうと、そこには、確かに何かが潜んでいそうな洞窟があったが、魔物には出会わなかった。

ムカルは、「一人で行かないと、魔物は出ないのだ」と言った。

確かに、例えば熊は賢く、単独の人間を襲うことはあるが、複数で行動する狩人を襲うことはないと言われている。

だがムカルは、「絶対に熊ではない、黒い巨体に眼は赤く、人のように二本足で立ち、両手で襲ってきた」と言う。

そこで、腕に覚えのある若者が二人、それぞれ単独で出かけていったが、どちらも戻ってこなかった。狩りに行って戻らない者も、ないわけではないがごく稀である。やはり魔物に食われたのだと、村は大騒ぎになった。

若者の一人はアトゥルの親しい友人であり、もう一人はムカルの取り巻きの一人であったから、腕力ではムカルに及ばないながらも、おそらくは村一番の狩人であるアトゥルが、次に行くのが当然のような成り行きになった。

しかし、アトゥルはすぐには動かなかった。

ムカルは「アトゥルは恐れているのだ」と嗤った。

アトゥルが恐れているのは、魔物そのものというよりも、不確かさであった。

ムカルの怪我は、向こう傷というにはやけに長い割に浅かったし、くだんの洞窟にも獣か何かが住んでいそうな形跡はなかった。これまで知られていなかった獣かもしれないし、本当に魔性の何かなのかもしれなかったが、アトゥル自身は半信半疑であった。

長老連に話を聞いても、ある者は様々な神話と伝承を話すばかりで、ある者は熊であろうと言うばかりであった。そんな中で、とある老女が、矢など青銅の道具があれば魔物の邪気を払える、と言うので、里の村で求めてみたが手に入らなかった。

これ以上先延ばしにすると、本当に臆病者として扱われかねない。

念のために夜の狩りにも適した満月の日に出発すると決め、弓矢と石斧と縄と食料を準備し、仲間に見送られながら早朝に村を出た。

北の森は、山がちで様々な木が生い茂っている。そんな中に走る獣道を、狩人たちは熟知し利用していた。

翌日の昼頃、洞窟が近づくと、アトウルは慎重に森の中を回り、反対側から洞窟の入り口が見える場所に陣取った。

持参した干米と干肉を食べながら辛抱強く待ったが何も現れない。

日が傾くと、アトウルにも焦りが生まれた。

暗くなってしまう前に、一度戻るべきか。


その時である、夕日で赤く染まった洞窟の入り口に、大きな黒い姿がちらりと現れた。だが、またすぐに中に入ってしまった。

本当にいたのか。

反射的に弓につがえた矢を持つ手には、じっとりと冷や汗がにじんでいる。

何かはよく分からなかったが、目の誤りではない。

狩人としては、その何かが出てくるのを待ちたいところだが、もうすぐ暗くなってしまう。

火を用意したいところだが、時間が掛かるし音も出る。獲物を目の前にした狩人のとる行動ではなかった。

アトウルは猫のように立ち上がると、ひそやかに歩き、洞窟の入り口の脇に静かに立った。耳を澄ませ、不安を抑えて目を閉じ、さらに手で覆って二の百を数えた。人間の目が暗さに慣れるのにはそれくらいの時間が掛かる。その間、洞窟の奥ではかすかな物音がしていた。もし近づいてくれば、反応出来る。

数え終わると、すばやく弓を構えて洞窟に踏み込んだ。

奥行二十歩ほどの洞窟の奥には、巨大な黒い塊があった。

次の瞬間、背後に殺気を感じてさっと傾げた顔の横を、鋭い何かがかすめたかと思うと、左頬に焼けるような痛みが走った。

前後を挟まれたという状況が、狩られているという実感となり、全身を氷水のように襲った。普段から様々な獣を追い詰めてきた腕利きの狩人であるアトウルだが、逆の立場に追い込まれたのは初めてである。

右目の隅で、黒い塊が動き出す。

まだ明るい夕空を背にした黒い影は、人のものである。その中央を目がけて矢を放ち、そのまま渾身の力で体当たりし、洞窟の外に転がり出た。左肩に鋭い痛みが走ったが、それにかまわず右手で腰から石斧を引き抜く。

目の前に転がる男は、なんと、いなくなったはずの、ムカルの取り巻きであった。

狙いあやまたず、みぞおちに矢が深く刺さり、うめいている。

そいつはひとまず放置し、入り口に出て来た黒い塊に向き直る。

一対一に持ち込んだ安心感から、焦りが闘いの高揚感に変わる。全てがゆっくりとよく見える。

その大きな黒い塊には、なんと手足が生えているではないか。その姿は滑稽ですらあった。

しかし右手には、鋭い石刃刀を握っている。硬木に黒曜石の刃を埋め込んだ最高級品である。「何者か」と問うと、くぐもった声で「ちょっと待て」と言う。そのまま、左手が動いたかと思うと、黒い塊を脱ぎ捨てた。

今度現れたのは、山の向こうの村の丘者であった。名は覚えていないが、こちらの長の妹が嫁いで為した子で、ムカルのいとこにあたる。そういえば、この場所からは山向こうの村もそれほど遠くない。

そういうことか。

それにしても、ムカルがここまで陰険で手の込んだ企みを仕組むとは信じられないと共に、自分がそこまで彼に脅威を与えていたとも信じがたかった。村の若者たちの人望という意味では、確かにある種の対抗関係にはあったが、同じ村の仲間だと思っていたし、彼の村長の後継者としての地位に挑戦する気などは全くなかった。いや、本当に全くなかっただろうか。

山向こうの丘者は、油断なく石刃刀を構えていたが、その表情には曖昧さがあった。

確かに、同じ人間となれば、負ける気はしなかった。

どういう選択肢があるだろうか。

二人を殺し、その証を村に持ち帰ったらどうなるか。ムカルの陰謀が明らかになると共に、ムカルと自分の対立は決定的になり、村の長も極度に気まずい思いをするだろう。息子の陰謀と甥の生首を受け止めかねて卒倒するかもしれない。さらに、もともとあまり関係がいいとは言えない山を挟んだ二つの村が、これをきっかけに戦争になるかもしれない。

二人を殺し、その証拠が残らないようにするのはどうか。影響を考えるとよりましだが、その行為の酸鼻さに吐き気がした。死者、特に殺された者は、しかるべき手順を踏んで石を抱かせて屈葬にしないと、悪霊になると信じられている。同じようにして殺されたであろう親友を思えば、当然の報いかもしれないが、首謀者に違いないムカルが、顛末すら知らずに生きているのでは、不公平極まりない。

「ここでのことは、なかったことにしよう」と言うと、そいつも即座に「それはありがたい」と言った。

矢をつきたてられて苦しんでいるムカルの子分は、失踪してこの方、山の向こうの村にいたに違いない。このまま、そちらで生きていてくれれば、むしろいざという時のよい証拠となる。

地面にべちゃりと広がっている黒い何かは、よく見ると、熊皮を継ぎ合わせ、木枠を中に入れただけのものだった。警戒は緩めないままそれを拾い、南へ向かって撤収した。これは、丘の村の長にだけ見せるとしよう。

アトウルは魔物に遭い、辛うじて勝ったが、逃げられたのだ。左頬と左肩の傷は、ムカルのそれと違って本物の闘いの痕である。

ムカルの言う通り、魔物は確かに実在した。そいつは人の心に棲んでいるのだ。

＊

初雪の舞う頃、里の村に一人の老人がやって来た。

里の長が出迎えてみると、なんと丘の長その人であった。丘と里の二つの村は、先祖代々に亘って良好な関係にあるが、丘の長が一人で訪ねて来るというのは、さすがに異例である。

老人は、頬とあごに長い灰色の髭をたくわえた顔に満面の笑みで、「元気であったか、若いの」と、達者な里の言葉で言い、手土産の袋を差し出した。焼き栗の香ばしい匂いがする。

里の長ももう決して若いという年ではなかったが、彼の父親が生きていればそのくらいの年であろうこの老人にかかっては、若いの、と言われても怒る気にもならなかった。

里の長は、丁寧な挨拶を返し、家の中に招き入れると共に、家の者に、キナを呼ぶように言った。キナは、十五年ほど前に、丘から里者に嫁いで四人の子を育てた女で、通訳を務めてもらうためである。丘の長は、よく里の言葉を話すが、訛りがあり、里者にとっては異なるいくつかの音を、区別がついていないのか、分けて発音できないのか、まぜこぜにしてしまう。一方、丘の言葉は、音は五種類しかなかったが、唇や舌や鼻音を使った変化が複雑である。長同士の対談となれば、誤解を交えるわけにはいかない。

長の家は、村の他の家々と同じように、円錐形に組んだ木の枠を厚く藁で葺いた造りだったが、三つ分の円錐が連なっており、その一つは今日のように、長がお客や村人たちと会って話をするのに使われていた。他の二つは、家の者たちの生活と、いろいろな蓄えを置くのに充てられている。

丘の長と、地面に浅く掘ったいろりを挟んで蓆に座り、干し餅と湯を持ってこさせると、「今年は、米も魚も、多く獲れ、冬も安心です」「そうじゃな、長老連も、今年の冬は、大きな雪は、降らんだろうと言っておる」などと、お互いに聞き取り易いよう、ゆっくりと世間話を交わした。

キナが到着していろりを囲むように二人の間に座ると、里の長は要件を聞いた。

「うむ、相談したいことがあってな」丘の長は言った。

「うちの若いので、アトウルというのを知っておるじゃろう？」

「ああ、今年の漁祭りを仕切った彼ですな」里の長は、もう分かった気になった。

あの日の篝火の傍での出来事は、誰が見かけたか、あっというまに村中に広まり、その後しばらくの間、村一番の話の種だったからだ。

「娘は、私の姪でユィリと言いましてな、気立ても良いし、里の若者どもからもよう好かれております」

「まあ、そのことなんだが……」丘の長は、なぜか浮かない顔をした。

「ああ、どちらで暮らすかという問題はありますな」里の長はしたり顔で言った。これまでも、キナの様に、丘の娘が里に嫁いで来る例はたびたびあったが、逆はほとんどなかった。里者の方がそういう面では保守的な習慣を持っており、また、概して里の方が食べ物の蓄えに余裕があるのが主な原因であった。

「アトウルが、入れ墨をして里に入るという形でも良いでしょう。みな喜んで迎えるでしょうし、言葉には苦労するでしょうが、暮らしにはすぐ慣れますとも」


「里のや、まあ待て。お前たちの先祖が、海から大きな船でやってきて、七つの代になる」ここで初めて、キナの通訳が必要となった。

「言い伝えによれば、船から降りて来たのは三十人ばかりであったそうじゃ」丘の長は指を三本立てて言った。

「そしてその時、あなたがた丘者が助けてくれなかったとしたら、その三十人は、きっと野垂れ死んでおったでしょう」里の長は、威儀を正して頭を下げた。里でも、自分たちの父祖が、西の海の彼方から、大きな災難を逃れてきてこの地に漂着したこと、そして、そのような大きな船を造る技術をはじめ、西の地では持っていた、様々な文化が失われてしまったことを語り継いでいた。

「いやいや、里者たちも、わしらが食べ物に困った時や、山の向こうの奴らがのさばってきた時には、よう助けてくれた。お互い様じゃ」丘の長も笑って頭を下げた。

そうなのだ。丘者と里者は、生活様式が異なるおかげで、ほとんど利害がぶつからず、それぞれの作物や採る物の交換は、お互いに大いに満足のいく取引であり、むしろ敵と呼べるのは、それぞれの同類なのだった。里の村にとっても、精悍な狩人たちである丘の村との強固な同盟関係は、湾の向こうの村に対する大きな牽制になっている。


里の長は、家の者を呼び、酒と干し魚を持って来るように言った。こういう話が出ては、それに相応しいものを出さざるを得ない。秋に作り始めた酒が、ちょうど良い具合に発酵していた。

丘の長は目を輝かせた。彼が酒に目がないのを、里の長も知っていた。ひょっとすると、そういう頃合いを見計らって来たのかもしれない。

丘の長は、いろりで炙った干し魚をかじり、杯に注がれた酒を、喉を鳴らして飲み干すと、そんな勘ぐりは心外だとでも言うように咳払いをして、話を続けた。「それが今では、里者の家は二の百を超えておる。里の家には子が多いから、十の百は人数があるだろう」

里の長は少し意外に思った。丘者はあまり込み入った計算をしない、というのが里者たちの通念だったからだ。それと同時に、この話がいったいどこに向かっているのか、里の長は訝しんだ。

「実は、丘者の数も増えておるんじゃ」丘の長は言った。「七代も前がどうかはわからんが、わしらの村の一番外側に、三代より古い家はない」

それは初耳だった。自分の村が拡張を続けているのは良くわかっていたが、丘の村もそうだとは知らなかった。だが考えてみれば、獲れる物と米との交換によって、丘者を養える食料が全体として増えたのだとしても不思議はない。

里の長が驚き、次いで納得するのを見てとって、丘の長はにやっと笑った。

その笑い顔を見て、里の長はふと、例の若者、アトウルに似ている、と思った。思ったままに、「もしや、アトウルは長の？」と聞いてしまい、しまった、という顔をした。さすがに、立ち入ったことを聞いたからだ。

しかし、丘の長は、大笑いをして言った。「いやあ、良くわからん。多分違うと思うが、わしらはそのあたりはなんというか、あまりうるさくないところがあるでの」

これには、キナも大笑いした。里の長も、詳しくは知らなかったが、丘者の祭りには、大いに開放的になるものがあるらしい。

「だが、連れ合いは、一人だけじゃ」と言ったので、今度は三人で大笑いになった。隣の部屋からも忍び笑いが聞こえてくる。里の長は、その特権で、二人の妻を娶っていたからだ。村には、他にも何人かそういう男が居たが、それは衆望のある者が希望し、長が許した場合だと考えられていた。

ひとしきり笑うと、丘の長は真顔に戻った。

「実は、それが相談なんじゃ」

キナはまたニヤニヤして丘の長の顔を覗ったが、「いや、アトウルのことじゃ」と丘の長は言った。

「里の村だがの、川の周りの平らな土地はもうあらかた耕してしまったじゃろう」それはその通りで、里の長も、今後は水をあまり必要としない畑を広げる、くらいのつもりはあった。丘の長の話は、まだ見えない。

「丘者の中には、黒や緑の珍しい石を持って、それを交換しながら、遠くから旅をして来る者がおる。この土地は、遥か東の方にまで、ずっとつながっておるんじゃ。だが、東の地には、里者はおらんらしい」

丘の長は、こう一気に言って、里の長の顔を見た。


「なるほど」里の長は、唸らざるを得なかった。

「ですが、それとアトウルとどういう関係があるんです?」と聞いた。

「うむ。秋の漁祭りでもそうだったように、奴には衆を率いる素質がある。これまでは、もっぱら一人で山を駆け巡っておったが、最近は若い者たちに人気があるのを、自覚するようになった」

キナに意味を確認しながら、これまで彼を知らなかったのも道理だと思った。

「そして、わしには息子がおる」

丘の長の息子のムカルとは、里の長ももちろん面識があった。丘の長も代々息子が継ぐが、里に比べると、体力に優れ、統率力を示すことが、後継者には暗黙のうちに期待されるようだった。ムカルは、体力の点では問題なかったが、アトウルのような、人を惹きつける格別な魅力はなさそうだった。確かに、アトウルが長の子である可能性があるならば、事態が相当に複雑になるのも想像が出来る。

「なるほど。つまり、丘と里それぞれ希望する者を募って、東の地に移らせるのはどうか、という話ですな?」里の長は、もう明らかとなった丘の長の提案を確かめた。

「そうじゃ。実のところ、秋の漁の後、何人か東を見にやったんじゃが、そいつらが先ごろ帰って来た。川と山を越えていくと、ここくらいの誰も住んでおらん土地はそこらじゅうにあるし、ひと月歩いたところには、大きな川と広い開けた土地があったそうじゃ」田を耕す者にとって、誰もいない広い開けた土地というのは、甘く響く言葉である。

「蓄えの多いこの冬に出発するのが一番じゃと思う。東に行くにあたっては、丘者の案内と言葉が必要となろう」確かに、丘者が一緒に行って説明してくれなければ、里者に初めて会った他所の丘者が、彼らの生活を侵すどころか、これほどまでに素晴らしい共栄関係を築ける相手だと分かってくれる保証はない。「そして、里者が春に米を作り始めれば、皆を養える」丘の長が、全てを良く考えた上での提案であると念押しした。

「アトウルは、行くと言っておる。そして、その娘に付いて来る気があるならば、喜んで連れて行くがどうか、という話じゃ」

里の長が考え込みながら、丘の長の持って来た焼き栗を広げると、丘の長とキナはそれを肴に酒を酌み交わし始めた。そして、自分たちの言葉で楽しそうに話し込んでいたかと思うと、そのうちに二人とも高いびきで寝込んでしまった。キナの幸せそうな寝顔を見て、ひさしぶりの丘の言葉と食べ物で、故郷に戻った気分なのかもしれない、と思った。これだけ近くても、やはり異郷に嫁いで暮らして来たのだ。

里の長は、二人に寝布を掛けてやった。

翌朝、長が隣の弟、ソニェの家に行くと、弟は既に丘の長の提案を知っていた。家の女どもが早朝からおしゃべりに来たかと思って舌打ちをしたが、そうではなかった。ユィリが話していたのだ。ユィリは、むろんアトウルから聞いたのだろうが、「あの人になら、どこへでも付いて行く」と言うユィリを、どこかで逢引きでもしたのかと、責める気にはならなかった。ユィリは秋からずっとキナに付いて丘の言葉の勉強を続け、今ではかなり話せるようになっていたが、上達の一番の秘訣は、むしろ恋人との会話にあったのかもしれない。

いささか驚いたことに、ソニェも娘に付いて東に行く気だった。「兄上、これでも長の家系の男ですからね、村を分けるとなれば、然るべき者が率いた方が良いでしょう」

確かに、やるならば大きくやった方が良い。長と、東に向かう弟本人が二人で呼びかければ、より多くの者が志願するだろう。

＊

アトウルとユィリを夫婦にする儀式は、丘の村から川の上流にある森の中の滝で行うと決まった。里の村とは反対側に同じくらいの道のりを行ったところにあるその滝を、丘者は彼らの村の守り神とみなしているのだ。普段は里者の立ち入りを許していない数少ない場所なのだが、この結婚は、これから一緒に旅立つ丘者と里者を象徴する特別なものであると、誰もが了解していた。

参加するのは、二人とその両親、それから双方の長と村の主だった者たち数組の夫妻である。

朝、丘の村を出発するとすぐに、葉の落ちて見通しの良い森に入った。皆が落ち葉を踏む音、冬籠りの前に最後の餌を探すリスや、冬にも活動をやめない鳥たちで賑やかなこの森では、アトウルはユィリに寄り添って歩き、時折短い言葉を交わしていたし、丘の長は、新婦の親戚たちに、森に棲む動物たちやその狩りや、秋に採れるドングリやキノコの話をしながら歩いた。

そうしてしばらく行くと、足元は険しくなり、鬱蒼と暗い杉林に入った。あたりには風の音もなく、森閑と静まりかえり、それにつられるように、みな黙り込んだ。里者たちには、既に聖域に入ったかのように思われた。

丘の長は、老齢にもかかわらずかくしゃくと歩き、そればかりか、老いた妻に肩を貸すよう息子に言い、息の上がった者たちが休みたいというのにも耳を貸さず、みなに先を急がせた。

やがて低く唸るような音が聞こえて来たかと思うと間もなく、とつぜん目の前が開け、人の背丈の四倍はあろうかという、大きな滝が姿を現した。

岩壁と杉の巨木に囲まれて、はるか上から降る水が、滝の下の淵に打ち付ける轟音が響き、宙には細かな飛沫が砕けて霧のようになって漂っている。

このような場所に来て、自然の神なる何かを感じない者がいるだろうか。

少し休憩したのち、丘の長に促されてその妻が前に進み出、米と干肉を盛った木皿を足元の岩棚に置き、その前に新郎と新婦を立たせた。そして、木の枝をかざして祝詞を唱え始めた。

なんだか長い祈りだ、と里の長が思い始めたところに、とつぜん頭上から、ぱあっと陽の光が差し込んだ。

全てが裏返ったかのようにあたりが明るく輝き、そして滝の前に、七色の虹が現れた。

瑞兆の極みとしか思えない光景に皆がどよめき、「なんて綺麗」ユィリがうっとりとつぶやいた。新郎が新婦の手を取った。

そうか、それで急がせたんだな。日の射す位置と時間を予め測ってあったに違いない。里の長は気付いて、丘の長の顔を見た。

丘の長は、にやっと笑って、口をすぼめてみせた。まるで、口に出してしまったら台なしじゃ、とでも言いたそうだった。

丘の長の妻の祈りが終わると、新婦の父ソニェが新郎アトウルの手を握り、また皆が新郎の肩をたたいて祝福した。


その晩、丘の村に戻ると宴会が待っていた。

大きな火が焚かれ、獲らえてあった何頭もの猪が焼かれて、煮た米と共に振る舞われた。

丘の長と里の長、ソニェとアトウル、それから何人かの男たちは車座になって、注ぎつ注がれつ、里から持ってこられたいくつもの酒甕を空にした。

＊

里の村で一番大きく重要な建物は、広場の北に立つ高床の倉庫である。常に何人か見張りの者が置かれているが、冬晴れのこの日、里の長はその戸口に登って、広場を見渡した。

戸口の下には、弟のソニエ、アトウルとユィリが立っている。

広場には、村のほとんどの者が集まっていた。中でも毛皮を着こんでいるのは、今日旅立つ八十家族にも及ぶ里者たちと、それから丘の長の周りに集まった二十家族ほどの丘者たちである。

寝布にくるまれば、冬に野外で寝ても凍え死にはしないが、丘から提供された毛皮があると、ずいぶんと過ごしやすくなる。


里の長はみなに語りかけた。

「我々の父祖は、西の海の彼方からこの地にやって来た。その時には、三十人ばかりの哀れな難民だった我々を、丘者たちが助けてくれたのだ。このような素晴らしい隣人が居て、我々は幸運だった」里の長が丘者たちに向かって手を掲げると、多くの者が賛同の声を上げ、丘の長と丘者たちも、歓声で応えた。

里の長は、足元に置いていた木の箱から、何かを取り出した。磨かれた金色の金属の肌に、太陽の光が反射して眩しく煌めいた。つい先日、滝と虹には、居合わせた里者たちが驚かされたが、今度は丘者たちが度肝を抜かれる番だった。

時折の交易によってもたらされるような青銅の鏃などとは、造りも大きさも全く異なる、みごとな一振りの青銅の短剣であった。

「この短剣は、西の地で我々が持っていた文化の高さを示している。我々の父祖は、戦に追われて、海を渡った。どこでもいつでも、この土地の我々のように、平和に暮らせるとは限らない。暮らしを守り、人に優しく出来るためには、強く豊かであらねばならぬ」里の長は続けた。

「この土地の限られた平らなところは、既に田と畑にしてしまった。東には、ここより遥かに大きく広い土地があると言う。そこを新たに拓き、人を増やし、そして失われたものに勝るものを造り出そうではないか。今こそ、我々の父祖が海に乗り出した勇気を思い出す時だ」


里の長は、短剣を太陽に向かってかざし、太陽の恵みに対する感謝と、旅に出る者たちの無事を祈った。里者たちは、太陽を崇めていた。なんといっても稲を育て、米を実らせるのは、母なる太陽である。

そして里の長は、「我々の父祖の道のりを守ってくれたこの短剣が、お前たちの道も守り導いてくれますように」と言い、身を乗り出してアトウルに渡した。

そして倉庫の戸口から降りると、アトウルに向かって目だけで笑って言った。

「少し違うが、約束の品だ。大切にしてくれよ」

アトウルは、まだ驚いた顔をしていたが、自信に満ちた笑い顔になると、ユィリに何か言い、ユィリが通訳した。「彼の名前は、海の道という意味なんです。太陽の導きがあれば、必ずみなを新たな土地まで無事に連れて行ける、と言っています」

*

翌年の冬には、アトウルからの使いの者が、新たな土地で実った最初の米を携えてやって来たのだった。

【時代と背景の解説】

本書は、日本と中国、特に上海とその周辺エリアとの間に、エキサイティングな繋がりがあった時代を紹介したい、という動機で執筆したもので、章毎の小説と解説でセットになっている。それぞれ、併せて読んでいただけると幸いであるが、小説書として楽しみたい方は、これらの解説は読み飛ばしていただいても一向に差し支えない。

日本で水稲耕作が始まった年代については近年多くの議論があるが、弥生人が日本に水稲耕作を持ち込んだというのは定説である。言い換えれば、水稲耕作を中心とした生活様式を日本に持ち込んだ集団を弥生人と呼称しており、それ以前の先住民族集団を縄文人と呼称していると言って良い。

弥生人の渡来も一度だけではなかったであろうが、大規模な渡来は、従来の弥生時代の始まりとされてきた紀元前五世紀頃と思われ、かつ弥生時代前期の遺跡は北九州に集中している。

その一方で、有名な「呉越同舟」の呉滅亡がちょうど紀元前四百七十三年である。

考古学的・歴史学的な事実が、この時期に、当時の人口に対して相対的に多くの水稲耕作者が長江下流域から流出して、日本列島に流入したことを示唆している。

弥生早期の遺跡に防衛機構がみられないため、渡来した弥生人は水稲耕作によって人口を増加させつつ、一部の縄文人集団も水稲耕作を開始したりして、比較的平和に混交したと考えられている。また、近年のY染色体遺伝子の研究によっても、日本列島は世界にもまれな多様性が高い地域であることが分かっている。

異文化を受容し、和の精神で共存を図るのが、日本のもっとも旧い優しい伝統なのだと言えよう。

弥生人の中核が、長江下流域から渡来したというのは、従来から有力な説の一つであるが、未だ定説にまではなっていない。しかし、これを支持する有力な根拠がある、と私は考えている。

それは、言語である。

広い中国には、様々な方言があるが、ほとんどの地域は普通話（北京官話）ベースであり、例えば山東・四川あたりの日常語は、かなりくせがあるものの、普通話で教育を受けた中国人は聞いて理解出来るので、まさに日本の方言のような感覚である。それが、華東や華南に来ると、相互に全く通じない、別の言語といわざるを得ない多くの言葉があり、その主なものは広東語（広東・香港）、呉語（上海・江蘇・浙江）、閩南語（福建南部・台湾）である。

中国の歴史書にも、春秋・戦国時代の楚（長江中流域）・呉（長江下流域）・越（主に浙江省）は、中原の国々とは言語や風習が違い、蛮族として見られていた、といった記述があり、黄河文明が、このあたりの地域の民族を中華文化圏に取り込んでいったという経緯を感じさせる。

そして、上海周辺で話されている現代の呉語と、日本語には、意外なほど多くの共通点がある。具体的には、日本語と現代呉語の音韻体系は共に、高低アクセントである（※1）、RとLの区分がない、そり舌音がない、清音の繰り返し音節の後が濁音化することがある（※2）、/n/と/ng/の区別がなく、「ん」がモーラとして認識されている、音節末の無開放閉鎖音の区別がなく、「っ」がモーラとして認識されている、といった点である。

重要なのは、これらが、日本語と現代呉語に共通しているのに対して、中国普通話や広東語とはほとんどの点において異なる、ということである。これらを単なる偶然であると考えるのは、科学的態度とは言えまい。

一方で、相違点ももちろんあり、その主なものは、現代呉語には、日本語にないいくつかの母音と子音があることである。

八世紀前半に編集された、「古事記」「日本書紀」「万葉集」の上代（奈良時代頃）の万葉仮名文献に用いられた表音的仮名遣から、上代の日本語は八母音であったというのがほぼ定説となっている。

弥生時代から、富の蓄積を経て古墳時代に移行していった文化の担い手が、水稲耕作を行う集団であったことを考えると、弥生人の八母音の言語が基層となり、縄文人の言語の影響を受けて、特に母音と一部の子音体系が変化し、日本語の基礎が形成されたという推論が妥当であろう。

ではなぜ、母音・子音体系だけが単純化し、その他の音韻体系はあまり変化していないのだろうか。

縄文人の生活様式は狩猟漁労採取が主で、一部にはキビ・アワ・クリの栽培をしていたかもしれないが、やはり食糧不足に見舞われることがあったと思われる。それに対して、弥生人の水稲耕作は、相対的に安定した食料供給源であり、ささやかな富の集中を容易に発生させたと考えられる。

弥生人と縄文人の混交には、各種の状況があったであろうが、その典型的なものは、特に食料不足の際に縄文人の女性が、弥生人の富裕な男性に嫁ぐまたは保護される、というような状況だったのではなかろうか。弥生人は、中華的な一夫多妻文化を持っていたかもしれない。

幼年期に縄文人の母親のもとで養育されていれば、当然まずは「あーあーうーうー」という具合に母音体系、次いで子音体系を覚えたであろう。少年期に入って子供同士や他の大人との交流が増え、促音・撥音・長音などの応用的な音韻や、さらに文法を習得しても、脳内の母音子音体系をより複雑に再構築するのには、多かれ少なかれハードルがあったに違いない。

つまり、弥生人社会の中で、特に縄文人の母親のもとで育った成員から、五母音化と一部子音の消失が進んだが、他は弥生人本来の音韻が残ったのではなかろうか。

改めてまとめると、古呉語を言語とする長江下流域の民族が、まず長江文明の影響下で水稲耕作を開始し（今から七千年～四千年前頃）、黄河文明の影響を受けて漢民族化する前に日本に渡来した集団が、弥生人の中核であると想定してよかろう。

一方で、長江下流域に残った人々の言語は、音韻体系はさほど変化していないものの、黄河文明の漢字を用いた書き言葉の影響を受けて、文法的には完全に、語彙的にもほぼ完全に中国語化したのが現代呉語である、というのが私の仮説である。

	日本語	現代呉語
文法	古呉語	古呉語→中国語化
母音と一部の子音体系	古呉語→縄文化	古呉語
その他の音韻体系	古呉語	古呉語

ところで、長江下流域から流出した人々は、北九州にばかりではなく、当然ながら朝鮮半島にも流入し

たであろう。

朝鮮語と日本語にも、文法体系が非常に類似していることをはじめとして、音韻体系にも多くの共通点があり、また現代呉語と朝鮮語の基本母音数はいずれも七〜九で近い。(※3)

従来、弥生人は朝鮮半島経由で渡来したという説も有力であり、長江下流域から朝鮮半島を経て日本列島に渡来したとすれば、上記の諸仮説と矛盾はしない。

だがやはり、滅亡した呉国から流散した人々が、日本列島と朝鮮半島に同時期に渡来し、言語的な基盤を形成したと考えるのが、オッカムの剃刀の原則に沿っている。

※1：中国語普通話や他の中国の主要な方言が全て声調言語であるため、一般に呉語にも声調があるとされている資料が多いが、漢字一文字分の音の高さや上がり下がりが決まっている普通話や広東語の声調と異なり、実際には前後の音によって相対的に高くなったり低くなったりしている。例えば、「五六七」低高高(んーろっちぇっ)、「六七八」低高高(ろっちぇっぱ)、「七八九」高高低(ちぇっぱっじゅう)という具合で、ここでは六や七の発声が、高い場合もあれば低い場合もあるのがわかる。別の例では、「朋友」(ばんゆう)は低高だが、「好朋友」(ほーばんゆう)は低高低となる。日本語でも、例えば「たまご」低高低、「ゆでたまご」低高高低低、という具合に同じ語でも、前後に応じて高低アクセントが変化する。

※2：例として、上海語「謝謝」(しゃじゃ)、日本語「散々」(さんざん)。

※3：筆者は、現代呉語を八母音と整理しているが、これが、上代日本語の八母音にそのまま対応しているわけではなく、七母音が対応していると推測している。朝鮮語の基本母音数は、地方により異なるが、八母音とした場合には、やはり七母音が現代呉語の基本母音に対応すると考えている。

海賊編

「船が着いたぞなー」、遠くから声が聞こえる。

皆いっせいに窓際に駆け寄った。外には、真っ蒼な空と、群青色の海が広がっている。

館から一望出来る港はさしたる大きさもなく、普段ちらほらとしかいない漁舟よりはよほど大きな商船が一隻入っただけで、すっかり塞がってしまったように見える。

「姫様、三太夫の船が参りよんよ」、幼い頃から千代姫の面倒を見てきたお春が、見れば分かることを言う。既に荷卸しが始まっており、木箱やら俵やらを運び出す人足や、港番の侍や、見物の者たちが集まっている。

「父上様、見に行ってきてええじゃね？」千代が声をはずませて問うと、領主の吉田悠堂は苦笑いをしてうなずいた。千代はお春を伴って、駆け足で出て行った。

戦国の世と言われて既に久しかったが、温和な土地柄と山がちな地形もあって、この伊予あたりではまだ殺伐とした大きな戦はなく、悠堂も娘にたいそう甘かったため、千代はのびのびと育てられてきた。

館は、宇和島の海を西に望む高台から、海沿いの道を塞ぐように張り出しており、関所を兼ねている。道に降りて、北に数町も行くと、左手は吉田の港となっており、港の奥には小さな郷が広がっている。

船の傍で指図していた三太夫は、姫を見かけると目を細めて言った。「これは千代様、わざわざお越しくださりまして、恐れ入ります。こんたびは、特別なおみやげがありますよ」

千代は子供の頃から、恰幅がよく恵比須顔の三太夫がお気に入りだった。三太夫の方も、利発で、一円の領主の娘とは思えない気安さの千代姫に、時々ちょっとした品物を持ってきてくれるのだった。

三太夫は、博多を拠点にする商人だが、このあたりの出身であり、博多と南伊予の諸領主との海運を主な商売にしていた。

「なんぞなもし、おみやげて？」

「えへへ、晩にお館に伺いますけん、そん時に差し上げますよ」

その晩、館では三太夫を囲んでの夕餉となった。商人だから下に見るという時代でもなく、むしろ、吉田家にとっては、米や産物の交換に応じ、また諸国の情報をもたらしてくれる三太夫は、商業・外交の最重要人物の一人であった。三太夫にとっても、得意先であり、求めれば警護の兵を出してくれる故郷の領主との関係は重要で、持ちつ持たれつである。

食事には、悠堂と正室の初の方、千代姫、それから主だった家臣が何人か加わったが、話をするのはもっぱら三太夫の役回りである。三太夫は「大内の大殿様が、出雲の尼子との戦で大勝したそうです」「今出川大納言が山口にいらしたそうです」など、ひとしきり山口や博多の情勢を話した。大内氏は六カ国守護として西国一円の最大勢力であり、その本拠地である山口は、応仁の乱で荒れた後もたびたび戦の舞台となった都から多くの公家が逃れ来て住み、今や西の京と呼ばれていた。また博多は、この頃では堺を凌ぐ一大商業都市で、要するに、三太夫の話は、世間の動きとして西国の地方領主が知っておくべき内容を網羅していた。

三太夫の報告が終わると、家老格の植木左馬助が、「今年の蜜柑は、良い出来ぞな」と言った。吉田領では近年蜜柑の栽培を始めており、いまや目玉商品となりつつあった。悠堂は「食べてみるのが一番じゃろ」、早速今年の初物を持ってこさせた。皆と一緒に甘酸っぱい蜜柑に舌鼓を打ちながら、左馬助と三太夫は、「これなら一斤なんぼにはなるぞな」「いやいや、こんぐらいでは」、などと値段の話をしている。

食事もお開きという時に、三太夫は、もったいぶって、桐の小箱を取り出した。

「千代姫様へ差し上げようと思いまして」と蓋を開けると、中には、紫の布におさまって、透明で赤や橙にきらきら光る小さな杯がある。一同は、見たこともない透き通った輝きに驚きの声をあげ、千代はただでさえ大きな目を丸くして見入った。

左馬助が「水晶ぞな?」と聞いた。

「明の商人たちは、玻璃と呼んどります、はるかに遠い、西の国で作られたものです」

「印度ぞなもし?」千代が聞くと、三太夫は、「いえいえ、もっと遠くです。最近は、暹羅《シャム》や明まで、はるばる西の国から商人たちが来ておるそうです。なんでも、姿かたちも、我々とはだいぶ違うとか」と言った。

悠堂が少し眉をひそめて、「これを千代姫が貰って良いじゃが?」と問うと、三太夫は頷いた。何と言っても初めて見るもので、値段の想像がつかない。

左馬助が、にやっと笑って「タダより高いものはないぞな」と言うと、三太夫は、ちょっとまじめな顔をして「千代様が、お輿入れに持参出来る物をと思いましてな。縁起物として差し上げるのでございますよ」と言った。

千代が「そんな、輿入れじゃが」と照れると、左馬助が「さよう、年の頃はそろそろぞなもし」と言い、三太夫も笑顔で大きく頷いた。悠堂が「まだ二、三年はええじゃろ」とまた少し眉をひそめると、それまで口を閉ざしていた初の方が「私が輿入れして来たのも十五の頃でしたぞなもし」と言った。

三太夫が押しやる桐の小箱を受け取り、千代はその小さな玻璃の杯に、惹きこまれた。

「千代はまだ……」などとぶつぶつ言っている父の声も耳に入らないほどなのは、杯の珍しさと美しさもさることながら、千代が、これまで名前しか知らなかった遥かな地よりも、さらに遠い国から運ばれて来たということに思いを馳せていたからである。

＊

どんより灰緑色に濁った、幅は六間くらいの矢矧の川が、広野でもなく山でもなく、曖昧な起伏がつらなる中を流れている。この何ということもない所から、百五十年ほど後に天下人が現れるが、それはまた別の話。

舟へりに立って竿を操る弥七と、あとは艫に座って櫂を握った舟頭がいるだけの小さな川舟が、河岸《かし》に近づいた。河岸と言っても、土が固められた岸辺に杭が何本かある他は、番小屋に人足が一人詰めているだけの、しごく簡単な代物である。

舟を杭に舫うのも、貨物を人足と一緒に運び出すのも、みな弥七の仕事である。

弥七と人足が、麦俵を受け渡し損ない、落としてしまった。幸い川には落ちなかったが、ドスンと地面に落ちた俵が破れて、中から麦が少しこぼれ出た。

「何やっとるの」

舟頭の甲高い声が飛ぶ。

弥七は嫌われ者であった。特に悪気もないのに、なぜかどこに行っても目を付けられ、いじめられる。と本人は思っているが、ふてぶてしい身勝手さが、目つきの悪さや態度に滲み出ていた。

「おみゃ、図体がでかいだけじゃ、役にたたんがね」

と続けて言われて、弥七はカッとなった。そんなわけがあるか。

弥七は力が強く、上背もあり、特に手が長かった。他の水手と同じくらいには働いているとは思っていたし、根が勤勉でない弥七にしてみれば、人一倍頑張ってきたとも言える。自分はずっと座っているだけではないか。

怒りに任せて、持っていた竿を持ち上げ、振り下ろした。

それが、舟頭の頭のてっぺんに、がつっ、と音を立てて当たったかと思うと、舟頭は「ううん」、と呻いて、舟底にくずれ落ちた。

河岸の人足は青ざめたが、弥七はむしろ平然とかがみこんで様子を見るとしかし、舟頭はもう息をしていなかった。

これは困った。

竿で殴ったくらいで死んでしまうとは思わなかった。よほど打ちどころが悪かったのだろう。弥七は、自分の短気を反省するでもなく、またもや自分が不運に見舞われた、としか思わないのであった。

どう裁かれるか。もしかすると事故として杖罪で済むかもしれないが、まがりなりにも雇い主であるからには、主人殺しだとされれば死罪は免れない。

よし、このまま川を下ろう。

弥七自身は行ったことはないが、この矢矧の川は曲がりくねって、いずれは海にそそぐ。

何度か考えたことだった。もっと早くに踏み切っていればよかった。

河岸で疑わしそうな顔をしている人足に、「井ノ口で手当をするでね」と、ここから数里下流にある郷の名を告げ、舟の舫いを解いた。

父母に迷惑が掛かるかもしれないが、構やしない。狭い田畑を耕す家から、兄弟の中で最初に出され、川水手くらいにしかなれなかったことで、弥七は家も憎んでいた。

横たわる舟頭に莚をかけ、それだけはたくさんある麦俵を開けて、生の麦をくちゃくちゃと噛んでいるうちに日が暮れたが、月明かりを頼りにそのまま川を下った。

夜が明けると、川幅も広くなり、鴎の姿が見られるようになった。ほどなくして、海についた。

風が吹き、波の高さは川とは比べ物にならない。

舟が岸から少し離れると、ほっとして弥七は、硬くなった舟頭の死体を海に捨てた。

すると急に空が曇ってきた。

海神の怒りでも買ったのだろうか。

岸に向かおうとして、竿を海にさし、底につかないのに気付いて血の気が引いた。

慌てて艫の櫂にとりついたが、川舟の櫂は主に方向を調整するためにあり、それで水を漕ぐには向いていない。弥七は懸命に海を掻いたが、岸は一向に近づかない。

風が強くなり波が高くなって、低い川舟のへりから水が入ってくる。雨も降り出し、岸が見えなくなってしまった。疲れて櫂を放し、大粒の雨を降らせる鉛色の空を見上げ、自分の行いを棚に上げて、頓死した舟頭を恨んだ。

波に揺られて気持ちが悪くなり、胃の中にある麦を吐いた。

陸は嫌いだが、海はもっと嫌いだ、と弥七は思った。

ぐったりと舟へりにもたれて、一時（二時間）も流されているうちに、左手ほど近くに岸が見えた。舟から飛び降りて、必死の思いで泳ぐ。何度か海の水を飲んで、あまりの塩辛さにせき込みながらも、なんとか砂浜にたどり着いた。助かった。

安堵する弥七の眼に、雨にけぶる数軒の家が見えた。よろよろと立ち上がり、そちらに向かう。漁村とも言えない小さな集落である。

壁に網や櫓が掛かる、浜に最も近い一軒の扉を叩くと、すぐに潮焼けした男が顔を出した。

「どうしたぁ？　手伝うで、舟を引き上げにゃ、流されてまうがね」

「もう流されてまった」

「それは気の毒だわ」

「ここはどこだが？」

「伊良湖だがぁ。ここから半里も西に行けば、その先は遠州灘だがね」

総毛立つ思いだった。三河湾を縦断し、渥美半島の先端に引っかかったわけだ。もしこの岸を見過ごしていたら、大海原に流されていた。まともな食料も水もなく、飢えと渇きで苦しみながら死ぬことになっただろう。

「まあ、中に入りん」と漁師。

狭い家の中には、女房と小さな子供が三人。

明らかに貧しいが、いつでも海で体を洗えるからか、みなさっぱりとしている。


男が「飯を炊こまい」と言うと、女房が鍋をかまどに掛けた。

鍋から湯気が立ち、魚の干物が炙られて、うまそうな匂いが漂った。

炊きあがって出された飯は、米よりも混ぜ込まれた粟の方が多いくらいであったが、貧しい漁師の家では、客人への大盤振る舞いに違いない。塩気の効いた魚の干物は、今までに食べた何よりも旨く感じられた。

弥七と共に、莚に座って飯を食う、見知らぬ漁師一家の親切に、思わず涙が出た。

「このひと泣いとる」

子供たちの中で一番大きな、六歳くらいの男の子が不思議そうに言った。それに対して漁師も女房も、特に何も言わないのは気遣いだろうか。


飯を食べ終わると、漁師は言った。

「おみゃさん、どこから来たが。天気が良くなれば、舟で送ってやるがぁ」

矢矧の川に戻るつもりはない。この一家は温かいが、ぐずぐずしていれば、やはり弥七のことだ、何かが鼻について嫌がられだすに違いない。人の好意は、弥七の居心地を悪くするものであった。

「このあたりで一番大きな津はどこだ?」

「鳥羽の泊だが」

どこまでも親切な漁師は、翌日には、打って変わってからりと晴れた海を、西にわずか四里ほどの鳥羽の港まで、小さな莚帆のついた彼の漁舟で送ってくれたのだった。

＊

千代姫が、吉田領の東に境を接する、河後森の若殿に嫁いで、数年が経ったある日。

夜更けに、吉田館の門を激しく叩く者があった。

眠気の吹き飛んだ当直の兵が、矢倉から見下ろすと、血まみれの刀を持った侍が何人も、門の前にたむろして居る。

「おどれら、何者か」と問うと、男たちの後ろから、白い内着姿の女が現れ、「千代ぞな。お父様を呼んでつかあさい」と声を上げた。

松明をかざして見おろすと、輿入れ前よりも少しふっくらしたようだが、確かに千代姫である。

慌てて知らせに走る。

驚いて出迎えた悠堂に挨拶をしたのは、血で汚れた着物を着た河後森の若様、渡辺四郎光忠その人であった。渡辺家は先々代を主家の西園寺家から養子に迎えており、公家の血を引くだけあって、四郎も色白で優しい顔立ちだが、体つきは逞しい。千代とは、物心がつくかつかないかの頃からの許婚であったが、幸運なことに、嫁いでみれば相思相愛、戦国の世には珍しく相敬如賓（互いに敬うこと賓客の如し）の仲睦まじい夫婦と聞いていた。いったい何事が起きたのだろうか。

「家老の板屋弾正に、謀反を起こされました。面目ない」四郎が吐き出すように言った。数人の供の者と、文字通り血路を斬り開いて逃れて来たのだった。

「お父上はどうなされたぞな。佳代姫は？」と悠堂が問うと、千代が泣き出した。佳代姫は、一年ほど前に、四郎と千代の間に生まれた娘である。四郎が「城の居館に火を掛けられました。我々の他、逃れた者は、まずおりますまい」と俯いた。

悠堂は、二人と供の者たちを館に入れると共に、主家である西園寺家の本拠地、黒瀬城に早馬を出した。西園寺本家や、その傘下の近隣領主と共に軍勢を出し、河後森城を奪回するつもりである。

ところが西園寺家は、翌日になって早馬を返し、なんと黙認するように伝えてきた。弾正は、土佐一円を支配する一条家に臣従したと言うのである。

西園寺家には、一条家と本格的に事を構える準備はできていないのだろう。だが、西園寺家の当主にとって、殺された四郎の父は従弟にあたる。このような気弱な対応で、伊予に押し寄せてきた戦国時代の荒波を乗り切れるのであろうか。悠堂は不安に思った。


その後の数日間、渡辺家と四郎を慕う河後森の侍たちが、ある者は単独で、ある者は足軽や妻子を連れて、吉田の館に逃れてきた。館には、既に吉田領内の侍や足軽が集められ、張り詰めた空気が漂っていたから、すぐにいっぱいになってしまい、あふれた者たちには、吉田の郷に泊まる場所が手配された。

悠堂と四郎は、連日額を寄せ合って相談したが、四郎の手勢と吉田家だけで河後森城を攻め切るのは、いかにも難しい。それに、新たに臣従した家臣が攻められるのを、一条家が黙って見過ごすとも思えない。

しかし、もう数十は集まった、報復に逸る河後森の侍たちを、このままずっと館に留めておくわけにもいかない。渡辺家への忠誠を明らかにしたからには、弾正を倒すのでなければ、彼らの土地は弾正の手の者に与えられてしまうであろう。侍が土地をなくすと、侍ではいられなくなる。

それに、近領での下克上に刺激されて、吉田でも変な気を起こす者が出ないとも限らなかった。少し年は離れているが、千代の弟ももう数年もすれば成人する。内紛の種にもなりかねない。

困り果てた父と夫に、提案をしたのは、千代であった。

「三太夫の居る博多に行くのはどうかなもし。明との交易船は、高い報酬で侍を雇うほうじゃが」

父の仇を早く討ちたいのはやまやまだが、すぐには無理だ。わずかばかりの手勢も養えないのでは何ともならないが、船の警備など武士の本分であろうか。迷っている四郎を、千代は「うちも行くけん。ほで時期が来たら、義父様と佳代の敵討ちに戻ったらええじゃが」と言って押し切った。

四郎には奇異に思えたが、西園寺水軍の一翼を担う吉田家にとっては、さほどに突飛な考えでもない。水軍の日常は、味方または然るべき金を支払う船であれば警護し、敵対または無関係な勢力の船であれば襲う、要するに海賊業である。瀬戸内海に名を轟かす、村上水軍や河野水軍に比べればはるかに弱体ではあったが、宇和島の海も海賊の伝統の濃さでは負けていない。

悠堂は、戻った愛娘がまた行ってしまうのを残念に思ったが、婿だけを放り出すわけにもいくまい。千代に付いていく者を募ったところ、部屋住みの次男三男など元気のよい侍たちがこれまた数十人は参集したのだった。

水軍衆の中でも有力な、奥浦の島を領する奥浦主繕は、長男を残して当主自らが行くと名乗りを上げた。

「儂もいちど、博多や寧波の港をこの目で見てみたいと、思とりましたぞなもし。姫様がおいでるとなれば、儂も黙って座っておれん」

悠堂が、なにやら千代を再度嫁にやるような気持ちになりながら、整えてやる装備はしかし、今度は華やかな着物や調度品ではなく、武器や具足、食料に航海用の備品である。

そんなある晩、悠堂のもとを四郎が訪れた。携えた黒漆塗りの細長い箱を預かってほしいと言う。

「中を見てよいぞな?」

「是非もありませぬ」

紐を解き、蓋を開け、錦の包みを除けたその中身は、長い緑青の塊にしか見えない。これが渡辺家の家宝だと言われてよくよく見ると、元は小刀のようであった。

「本当かどうか、遠く神代から吉備氏に伝えられた品だそうで、なんでも旅立つ者に幸運をもたらすとか」

と四郎が言う。

「ほたら、持って行かれた方がよいじゃやね?」

「それではまるで、戻ってこないようではありませんか。それに、佳代を救わずに、家宝を持ち出したと千代に怒られます」

そう言われては、やむを得ない。だが悠堂は、他家の家宝を預かることに、一抹の不吉さを感じずにはいられなかった。


準備の整った、五十人を超える侍と百人近い兵が、航海の安全を祈って郷の社に参拝したのち、八艘の小船に分乗し、それぞれ莚の帆を張って出発した。水軍が使うのは、櫂を多く備えた機動性の高い小船であり、襲うとなればこれで交易船を取り囲む。普通は根拠地から遠くには行かないが、宇和島の衆にとって、馬関海峡までは掌のうちである。門司の関あたりで、その先の水先案内人を雇えばよかろう。

小船が人で満載であるので、たびたび陸に寄って、補給と休憩をしなければならない。

その夜は、日振島で野営をした。

六百年前には、藤原純友がここを本拠地として千艘もの船を指揮し、瀬戸内海全域を支配したが、はるかな過去の栄光で、今は海賊まがいの漁師が少しいるばかりである。


浜辺に出た千代が、満天の星空を見上げている。

河後森の城からは、残念なことに海が見えなかった。佳代がもう少し大きくなったら、海を見せてやりたかった。ついこの前まで、この腕の中で泣いたり笑ったりしていた佳代を想うと、胸が塞がる。その一方で、この海がどこまでも続き、それを今まさに自分が往こうとしていると思うと、佳代には申し訳ないと思いつつも、今度は胸が高鳴った。

そっと後ろから歩み寄った四郎が、「泣いているのか？」と声を掛けると、千代は振り返り、「四郎様、私にも剣術を教えてつかあさい」と言った。

四郎は頷いた。

「私も剣の腕を磨き、河後森に戻りこの手で弾正の首を刎ねる。一緒に修練しよう」

＊

小船とはいえ、これだけの人数が博多の港に上陸しては、どのような誤解を受けるかわからない。

玄界灘に浮かぶ相島で残りを待たせ、千代と四郎がわずかな人数を連れて、一艘に乗り組んで向かった。

二つの小島の間を抜けると、遠く湾の奥には街が広がり、たくさんの船が見える。

少し近づくと、細い水路の右側には長い堤があり、左側には石垣と塀の上に、館や寺とおぼしき三重の塔など瓦葺きの建物が覗き、一番左には殊に大きな城館があり、その街並みの立派さに皆が目を見張った。そのさらに左の奥には、何艘かの大船が見える。

小船が出入りしている水路を抜けると、大きな泊になり、その奥には木々に囲まれた社が見える。左手に立派な橋を通り過ぎると、中小の船がいくつも停泊しており、その間に船を寄せるのが良さそうであった。四間ほどの波止場に降りると、人足や水手たちが忙しそうに働き、商人や侍が行きかい、耳慣れぬ方言が飛び交っている。

波止場を見守っている港番の武士に、三太夫という商人を訪ねて伊予から来た旨を告げると、さすがは大貿易都市、驚きも誰何もされずに、波止場から一筋入った道筋を教えてくれた。

泊から伸びる大通りには、左右に店が並び様々な品物が並べられている。大人たちの間を縫って、子供が走り回り、何かを焼いている香ばしい匂いがする。

「賑やかだなあ」四郎が言うとみな頷いたが、異国風の人や品は特に見当たらず、千代は少しがっかりしていた。

泊から一筋、大通りからも一筋入ったところにある三太夫の邸の、商家らしく簡素だが広い門は、開かれたままである。

大きな蔵が並び、それに比べると小さめな邸があり、何人かの使用人が忙しそうにしている。

千代が「おいでんか」と声を掛けると、一人が邸に駆け込み、「三太夫様、侍が大勢参っております」、と上ずった声で言うのが聞こえる。運よく在宅らしい。

出てきた三太夫は、赤縅の具足を身にまとった千代姫の姿を見て、口をあんぐり開けた。目をしばたいている三太夫に、「千代ぞな、お久しぶりぞなもし」と声を掛けると、目の迷いではないと信じたらしい。

「千代姫様、なんとも勇ましいお成りで」と破顔した。

続けて千代は、隣に立つ夫を紹介すると、四郎は「三太夫、千代からよく話を聞いているよ。千代は、其方《そなた》から貰った玻璃の盃を大切に持っている」と言った。

何はともあれ二人と、そういえば見知った顔もいる伊予の侍たちを邸に招き入れ、唐物の茶器で茶を淹れながら、三太夫は聞いた。

「いったいどういう風の吹きまわしで？」

二人の話を聞いて、三太夫は大いに同情したが、「ここ博多からは、もう滅多に遣明船が出ておりません。明の方で、受け入れないのでございますよ」と事実を告げる他なかった。

「ぜひ、ここを我が家と思いて、ゆっくりされてください」と言う三太夫に、沖合に七艘、百五十人が待っていると告げると、それだけの人数があれば、大内の殿あたりに客将として参じてもよいのではないか、と三太夫は提案したが、四郎はいったん仕えれば、いつでも仇討ちに戻るというわけにはいかなくなる、と首を横に振った。

三太夫は言った「それでは肥前の平戸においでるのが、ようございますよ。平戸には近頃、明の海商がたくさん来ておるそうです」

頷く二人に、「二日待ってもらえれば、私の船も出して共に参りますよ」と告げた。

千代たちは、風呂に浸かり、三太夫の精一杯のもてなしを受けた。そして待っている者たちは、さぞ心配しているだろうといささか焦りながら相島に戻ってみれば、奥浦主繕をはじめとして、みなどんちゃん騒ぎをしていた。

暇を持て余し、馴染みの海賊業を営んだらしい。

「これでは無頼の徒ではないか」と四郎は眉を顰めたが、「誰の命も取っておらん。ちょいと通行料をいただいただけぞな」と主膳が言うのを聞いて諦め顔になった。

どたばたと出航してきて荷もあまり載せていない三太夫の船に、思いがけず増えた荷を積み、八艘の小船を伴って海を往くと、船団の風格が生まれ、水鳥の親が雛鳥を引き連れているような安心感があった。

実のところ、三太夫にしてみれば、千代姫の為というのはもちろんあるが、海賊の特に多いこの海域を十分な警護を受けて渡り、平戸で明からの輸入品を買い込めば、大きな儲けになるはずである。

三太夫の船は、四百石積みの弁財船で、全長十間（約十八メートル）、全幅三間（約五・四メートル）、上棚（上甲板）で高くなった艫に登れば海を見晴らせるし、その下は部屋のようになっており、小船よりも格段に居心地が良い。

平戸に着くとしかし、四郎と千代は度肝を抜かれることになった。博多よりは小さな港に、山のような巨船が何艘も停泊している。

「唐船です」三太夫が言った。

和船とは色や形も違い、赤く塗られた船べりの一番低いところでも喫水線から二間はあり、四角い舳先と艫はさらに高く楼閣のように聳え、大木のような数本の帆柱には、蝙蝠の羽のような形の帆が掛かっている。水上に浮かぶ城のようで、これらを牛とすれば、博多では決して小さいほうではなかった三太夫の船は鼠であろうか。

平戸の街には、朱色が目を引くいくつもの唐人屋敷があり、三太夫はそのひとつに四郎と千代を連れて行ったのだった。

＊

弥七は、鳥羽の港からいろいろな船に乗り組み、中国は長江の河口にある長興島に流れ着いていた。

最初は水手であったが、体格の良さを見込まれて武器を持たされてからは、警護を主にするようになり、それならば荒稼ぎが出来ると聞いて、八幡者に加わった。中国や朝鮮沿岸部の村々を襲って生計を立てる、いわゆる倭寇である。

八幡では誰もが刀を使う。

少し手ほどきを受けると、弥七はめきめき上達し、武力がモノを言う八幡者の間では一目置かれて、いまでは一隊を任されるまでになっていた。

襲撃と略奪が性にあっていたので、まさに水を得た魚であった。ずいぶんと血腥い水ではあったが。

今は、長興の小拠点から、大船一隻と小船六艘で北に三日、塩城からさほど遠くない海岸で野営している。

鶏の鳴き声でごそごそと起きだし、用意された粥を掻き込んでいると、水平線から朝日が昇ってきた。

隊の者は三十人ばかり、和人や高麗人もいくらかいたが、多くは明人であり言葉も通じず、気を使う必要もない。

頭目の虎助が立ちあがった。鎧兜を被っているが、足は裸足で籠手も着けていない。紀伊の出で、弥七を誘ったのはこの人である。


今日は、ここからすぐ北にある川を、二里ばかり遡ったところにある村を襲うという。村の手前半里で、三隊は上陸して村の後ろに回り込み、残りの三隊は一刻待ってから村まで川を上る、との指示がなされ、続けて明と高麗の言葉に訳された。

大船を残して、六艘の小船は一時をかけて川を上り、この林を抜ければ村が見える、というところで、弥七の船は、他の二艘と共に、別動隊が配置に着く頃合いを待った。

その時、林の陰から、一隻の小舟が出て来た。

川漁師であろう。遠目にも目を剥いたのがわかり、慌てて漕ぎ戻ろうとする。

すかさず三艘の船から、十数本の矢が放たれ、そのうちの何本かを背中に突き立て、漁師は絶命して川に落ちた。

もうよかろう、頭目の合図で、一斉に村に向かって漕ぎ出す。

あまり大きな村ではない。

「ババン、ババン（八幡、八幡）」慌てた叫び声があちこちで上がり、いくつかの家々から人が逃げ出す。

法螺が吹かれ、一斉に上陸し、弥七の隊の分担である西南の家々に向かって走り、二人一組で各戸に押し入る。

武器を持つ者があれば殺すが、ほとんどは抵抗せず、みな逃げようとする。人は最も手堅く稼げる獲物であるので、なるべく逃がさず、若い女や少年など、高く売れるようなのであれば、最優先で捉えて縄につなぐ。


村の中心から、法螺が聞こえた。

弥七が手近にいた何人かを連れて駆けつけると、木柵に囲まれた屋敷があり、幾人かの男たちが槍を持って立て籠っているようだった。

戸口に、八幡者の死体が転がっている。

だが、虎助と弥七、集まった十数人で、一斉に攻め懸かると、もう持たなかった。

弥七自ら柵を乗り越え、突き出される槍を刀で躱し、袈裟懸けに斬ると、槍を持った男はほとんど真っ二つになり、地面が血と臓腑で赤黒く染まった。


村一番の屋敷だけあって、金目の物が豊富であった。

鏡や綿布、わずかだが絹の服まである。酒甕や鍋、飼われている鶏など、みなで手分けして持つ。

出てみると、そこここで女の悲鳴が上がっていた。

そういう我慢しきれない者が出るが、全体に迷惑を掛けなければ、うるさく言われもしない。そもそも、こういう好き勝手が出来るというので、八幡に加わっている者も少なくなかった。

銅鑼が鳴らされた。

みな一斉に引き上げる。

捕らえた者は数珠つなぎにし、担げるだけの物を担いで小船に乗り込み、海岸まで戻って大船に積み込んだ。

頭目の虎助は、帳面をつける。今日の村の規模はどのくらい、あがりはどのくらい、などと書き記し、八幡者同士で共有して今後の収奪の参考にするのだ。

*

四郎と千代は、平戸で小さな唐人屋敷を借りるまでになっていた。

海商たちから要望があれば、何人、何十人と武士を派遣して航海の分け前にあずかる。大きな話であれば、四郎と千代自ら船に乗り込むこともあった。

どういう訳だか、千代はすぐに唐言葉がうまくなり、しかもめずらしい女侍として海商たちに人気であった。

一方、四郎は、日本の津々浦々から来ている侍たちと誼を通じていた。ある時には、潰れた片目からだらだらと血を流す侍に肩を貸して、館に戻ってきた。四郎が、薬師を呼ばせ「いや、申し訳ない」と言うと、侍は「いやいや、木刀でなけりゃ死んでたとたい。渡辺殿の剣は本当に迅か。これで八幡者ちして貫禄がつきたばい」と言って笑った。

同じような侍の組はいくつもあったが、どれもいろんな地方から来た者で構成されており、四郎たちのような大人数の同郷者がまとまり、かつその棟梁に、四郎のような城持ちの格の、血筋も良い大将をいただいている集団は他になかった。もちろん、大名松浦氏を筆頭とする地元平戸の侍たちを除けばの話であるが。

仕事が少ない時には、屋敷に人が入りきらず、宿屋に高い金を払う羽目になる。

主膳などは、他の者たちと同じように、朝鮮か中国の沿岸を襲いに行こう、と言ったが、四郎が許さなかった。

そんなある日、唐服の若い男が二人、血相を変えて屋敷に来た。

「光頭殿が明の役人に捕まったぞなもし」早口の浙江言葉を訳す千代と、四郎は顔を見合わせた。

光頭とは、ハゲ頭の意味であるが、その名の通り、髪がほとんどない浙江出身の海商で、得意客であった。なんでも、崇明で船の建造を監督していたところで、浙閩提督の兵に捕まり、華亭県城（上海市松江）に連行されたという。

これが、海門県城（上海市崇明）あたりであれば、なんとでもなったであろう。近頃では、海商を通じて主な八幡集団に定期的に金品を渡すかわりに、一定の地域を荒らさないという約束を取り付けようとする明の地方役人も少なくなかった。それは腐敗というよりも、むしろ行政官としては現実的な治安維持策であったかもしれない。長江河口にある海門県の知事は、海商の言う成りと言ってよかったし、仮に話がつかなくても、県城に船で乗り付け、襲撃して奪回することもできたであろう。

しかし、これが華亭県城となると、海から十里も内陸に入らなければならない。だからこそ、そちらに連行したに違いない。ぐずぐずしていると、さらに杭州あたりに移送されるか、処刑されるだろう。

光頭の平戸屋敷にある金子《きんす》は使えようが、船がない。

しばらく目を閉じて考えていた四郎は、顔を上げると千代を伴って、平戸で最も勢力のある海商、五峯の唐人屋敷を訪ねた。五峯は侍たちにも人気が高く、新参者の四郎と千代は、直接取引をしたことがなかった。

「港に停泊している大船を、しばらく貸していただきたい」と言う四郎の言葉を訳す千代に、五峯は風格のある中国官話で、行き先と目的を尋ねた。

話を聞いて、五峯は四郎の眼をじっと見た。異国の商人のために、なぜそこまでするのか、と問うているようであった。

商人の理屈でいえば、警備の侍など銭で雇った傭兵に過ぎないのかもしれない。だが、侍の感覚で言えば、俸禄を出す者は主家に当たる。しかも光頭は、四郎と千代が平戸について間もなく、引き連れて来た者たちを食わせられるかどうかの頃に仕事をくれ、特に恩義を感じていた。いざ非常時となれば、奉公を考えるのは、むしろ当然である。

五峯の眼を見つめ返す四郎と、まるで無言の会話がなされたようであった。

五峯は頷き、「わかった。代金は、戻った光頭に請求するから心配せずともよい」、さらに「他に出来ることはあるか?」と聞いた。

「侍たちをここに集めて話をさせてもらえると有難い」という四郎の要望で、使いの者たちが走り、平戸一番の唐人屋敷に、主な組の棟梁どもが集まった。

四郎の話を聞いて、またその後ろで応援している様子の五峯もあってか、多くの侍たちが、「県城ば襲うんか、腕が鳴るのう」などと言って、参加を表明し、むしろ船に乗れる数に収めるために、籤引きで各組から出す人数を決めるほどであった。

選ばれた者だけで、六百人もの武士が武具を持って乗り込み、乗組員の分も含めた水と食料、さらに十二本の長梯子とたくさんの松明を積み込むと、さすがの巨大な唐船も満載になった。長梯子は、華亭県城の城壁の高さはどのくらいか、と知る明人たちに尋ね、その多めの数字をとって急ぎ用意したものである。

四郎は、幅だけで十数間もある中棚の中央に、小さな幕屋を張り、鍬形のついた大兜を被り、陣羽織を羽織って床几に座り、八幡大菩薩の幟まで立てたから、侍たちは「これぞ戦じゃ」と大いに喜んで士気が上がった。

五峯の代理である綱首（船長）に指図して出航する。唐船はその巨大さにもかかわらず、速度も出る。風にも恵まれ、わずか六日で杭州湾、華亭県南の沖に着いた。このあたりの海は、長江から流れ出る水で泥色をしている。


夕暮れを待って、上陸する。

ここから、夜通し北上し、夜明け前に県城を襲う作戦である。幸いにも季節は初冬で、夜は長い。

船旅で体がなまり、最初は元気いっぱいであった武士たちも、さすがに三時（六時間）を過ぎると疲れが出て来た。しかし、真夜中に行き会うわずかな明人で、この規模の倭寇の前を駆けて、わざわざ県城に知らせに行こうとする者も居なかった。

案内の明人が、県城までもうすぐだ、と言うところで、まだ夜明けまで一時はあったから、大急ぎで糒《ほしいい》を水で流し込み、六百人という人数で出来るかぎり静かに、県城に押し寄せた。

明の兵は、城壁に籠られると厄介だが、向き合えば侍の敵ではない。夜に紛れて、長梯子を掛け、一気に乗り込むと、城壁上で迎え撃つ警備の兵もほとんどおらず、三々五々起きてきた兵は慌てて城門を開いて逃げ出す始末であった。

城館でもほとんど抵抗はなく、知事や残る者たちを血祭りにあげ、地階の牢に囚われた光頭と数十人の手下を開放したのだった。

その後は、多くの者が目を輝かせて、朝日に照らされる城壁に囲まれた街の略奪に赴いた。獲物は、海辺の村々などとは比べ物にならないであろう。

火を掛けよう、と言う者もあったが、四郎は止めた。八幡者の慣習として、基本的に火を放つことはしない。むやみに荒廃させても、次回の収奪のうまみが減るだけだからである。この県城を再度襲うことは、まずないと思われたが、何より、四郎の脳裏には、生まれ育った河後森城の居館が燃え上がる図が浮かんで、身震いしたからであった。


もう若くもなく、幾分痩せた光頭は涙を見せて感謝し、四郎と、義兄弟の契りを交わす、と言った。

明人にとっては、家族・宗族を大切にするというのが、最重要の倫理規範である。義兄弟というのは、本当の兄弟のように扱う、という意思表明であるから、相当に重い。ただし、味方が多い方が良い海商同士では、保険を掛けるような意味合いで安売りされる傾向があり、出身地の同じ海商の頭目は、みな義兄弟と言ってもよかった。

だが、和人が海商の頭目と義兄弟になったという話は聞かない。これ以上はない感謝の表現ととってよかった。

ところが、大船で留守をしていた千代はそれを聞いてなぜか、くすくすと笑った。

四郎が訳を尋ねると、「だあぶ年の離れたお義兄様ができたじゃが。四郎様の本名は光忠じゃが、光頭と光の字が同じでちょうどええぞなもし」とのことだった。もちろん「ハゲ頭」が本名のはずもないので、無意味な共通点ではある。

前例のないような襲撃を指揮し、かつ大成功に収めたから、四郎はまだ若かったが、八幡者の中でも顔役の一人のようになった。

五峯からの依頼もよく受けるようになり、他所から来た侍や足軽で、ぜひ渡辺組に、と言って来る者も増えていたが、それでも人が足りないくらいであったから、海賊業に手を出さずに済んで、四郎は満足していた。

＊

たびたび来る吉田の館からの便りで、弾正が付け入る隙を見せてはいないようなのが、唯一の懸念であったが、新たな事業が軌道に乗るのが楽しく、この広い海に比べると、森と山に囲まれた故郷は、遠く狭苦しく思われた。いずれはもちろん父と娘の仇を討つ、と改めて自分に誓わなければならないほどであった。

そんなある日、金箔で飾られた赤い紙にしたためられた、五峯からの招待状が来た。

唐言葉は苦手だが、漢文を読むのはむしろ得意である。そのはずであるが、千代と額を寄せ合って読んでも、いまいち意味がよくわからない。なんでも王になるのを告げるらしい。五峯の姓は王であるのと関係があるのか？　未だ知らない明人の風習であろうか、と首を傾げた。

その日になり、ひさしぶりに華麗な錦の着物をまとった千代を伴って、指定された時刻に五峯の屋敷に行ってみると、何人かの海商が既に部屋で待っていた。大きな笑顔を向ける光頭に尋ねてもしかし、今日何があるのか、よく分かっておらず、呼ばれた和人は自分たちだけのようであった。

四郎と千代も他の者たちと共に、紫檀の椅子に座ると、五峯が一人の見知らぬ海商を連れてきて、紹介をした。福建から来た頭目で、陳三思と言うらしい。

貧相な顔つきに細い口髭を垂らしたその男は、四郎たちを見て何事かつぶやいた。千代を見てもかぶりを振っている。普段耳にしない福建の言葉であったのだろう。だが、光頭は怒った顔をし、他の海商たちは気まずそうにした。

中国は豊かな先進国だ。これまでも明人の、特に富貴な者が、和人を下に見ていると感じたためしがないわけではなかったが、露骨に蔑まれたのは初めてである。

五峯が、陳三思に座るよう勧め、自分も座って、「まさにそれよ。儂は今日より王を名乗る。領地も持たぬ商人が王などと、滑稽に思うかもしれない」そう言って、千代が耳元で囁く訳を聞いている四郎を見た。領地を持たぬ領主といえば、儂とお主は同じだ、と言っているようであった。

「我ら海で生きる者に領地はいらぬ。この広い海が我らの国だ。この国では、どこの誰でも歓迎される。中国のどこそこだとか、和人だとか高麗人だとか、そんなことは関係ない。葡萄牙《ポルトガル》でも印度でも阿拉伯《アラビア》でも暹羅《シャム》でも、どこからでも来て、どこへでも行くがよい。富者も貧者も、貴人も賤人も、好きなことをして、自由に生きればよい。そんな国を儂は守り、栄えさせたい」

四郎は大きく頷いたが、海商たちは曖昧な顔をしていた。

五峯は咳ばらいをして、「この国に宮殿はない。この王に家臣は要らぬ。みなに頼むのは、これまでと同じように稼ぎに励むことと、儂が王を宣するのを祝福することだけだ。みな望むなら、それぞれ王を名乗ればよい」

陳三思も、何かが気に入らぬように目を細めていたが頷いた。福建の海商は、五峯をはじめとする浙江の海商たちとは漠然とライバル関係にある。だからこそ、予め趣旨も話して、ぜひ来るようにと要請したのだろう。

誰も異議は唱えないのを確かめて、五峯はみなを庭に案内した。もともと小さな廟があったその前に、大きな銅の香炉が置かれ、黄色や水色の旗が飾られている。

五峯は香を焚き、天を仰いで何事かを唱え、地に俯いてまた唱え、そして皆を向いて言った「我王直五峯は、徽王たるべし。これを、人に告げる。願わくば、嘉し給わん」

四郎がまっさきに「謹んで、お祝いを申し上げます」と言うと、海商たちもそれぞれ祝いの言葉を口にした。

その日の夕刻には、さきほどまでの少人数と打って変わって、盛大な宴会が開かれた。平戸中の主な商人や侍が呼ばれ、大きな屋敷中の部屋が人で埋まっている。

最も大きな座敷では、五峯の左に、松浦家の家老が名代として来ていた。右には陳三思が座り、他の者たちが両脇に座る。高坏で豪華な唐料理が供され、和酒や浙江の黄酒がふるまわれた。

侍たちはさっそく酔い騒ぎ、海商たちの方が行儀よく食べ話している。

座がこなれてくると、松浦の家老が、厠に立ったついでのような顔をして、四郎のところに来た。

「渡辺四郎殿でござるな。先の戦は、お見事であった」大名家の家老から言われて少々驚いた。松浦家は、港の管理はするが、海商や八幡者たちが何をするかには関心がないという印象を持っていたが、そうでもないらしい。

「かたじけない」と頭を下げる。家老は目をキラリと光らせてつづけた。

「明の者たちは面子を大事にする。五峯殿は大金を浙閩提督に送ったそうじゃ」裏でそんな動きがあり、それを松浦家が知っているのか。生き馬の目を抜く戦国時代、当然のようにあちこちに間者が居るに違いない。

「何事も、ほどほどが肝心じゃ、よしなに頼む」と家老は言って席に戻った。

*

四郎と千代は、双嶼島に来ていた。

大きくはないが街があり、たくさんの唐人屋敷に囲まれて、葡萄牙人の建てた、白い大きな箱のような四角い壁に、緑や赤に塗られた木窓の並んだ建物がいくつもあり、その中心には、石で作られた不思議な形の南蛮寺がある。その中を覗いた千代は、たくさんの蝋燭、金色に輝く壁や品、色のついた玻璃で飾られた窓を見て得心がいった。あの玻璃の盃は、彼らの国から来た物だったのだ。

街を歩くのは、明の海商や農夫、和人の侍や高麗人の水手、そして金糸の縫い取りのある黒い服に白い襟、色鮮やかな靴下と被り物をまとった葡萄牙の商人たち。ときおり、肌が黒く麻の衣服を纏った供を連れている。

この街には、領主も役人も居ない。商人と海賊の街であり、千代はこの自由で出鱈目な雰囲気が好きであったが、四郎は平戸に居るほうが落ち着くようであった。

海に並ぶ岩山の間を縫って入るかのような港には、何艘かの唐船に交じって、黒く塗られ舳先の尖った葡萄牙船が停泊している。

新たに着いた中型の唐船から、八幡者たちが、縄で数珠つなぎにした人の列を引き出している。

その中から、女の激しい泣き声がした。

千代が、何事かとそちらに向かい、四郎は慌てて追った。ここでは、渡辺組の女大将を知らぬ者も大勢いるだろう。具足を着けているとは言え、千代だけで歩かせてよい場所ではない。

繋がれた女の一人が、海を見て唐言葉で泣き叫んでいる。

しばし引っ張るのをやめ、困ったような顔をして縄を持つ八幡者に、千代は聞いた。

「どうしたぞなもし？」

「赤子がおったけん、泣きよっと、お頭がつかみとって海に捨てよったんじゃ」八幡者は同情するような顔つきをした。

「生きとる赤子を、海に捨てよったじゃが？」

千代の顔が白くなった。怒りで唇が震えている。

千代が女の脇に寄り、肩に手を掛けて話しかけると、女は唐船から降りて来た男たちを指さした。

明人で、武将のような成りをしている大柄な男が、幾人もの手下を引き連れている。

朱衡か。山東を根城にする海商というよりは海賊で、双嶼によく人を売りに来ていると、四郎も聞いていた。南方は、茶や絹や陶磁器など物産が豊富で、貿易だけで大きな儲けになるが、北方には目ぼしい産物がなく、稼ごうと思えば人を攫ってくるしかない。南蛮人もよく人を買った。

「おいおい、触るなら金を払ってからにしてもらおうか」朱衡がダミ声で言った。

そして、千代が女であるのを見てとって、「女が女を買うのか？」と言ってニヤニヤした。

「お前、赤ん坊を海に捨てたそうだな」冷たい声で、千代が問う。

「びいびい泣く赤子を抱いておっては、売れるものも売れん。何か文句でもあるのか？」

「母親の前で、そこまですることはないじゃないか」千代は、唐物の鎧兜に身を包んだ明人の手下に囲まれているのにも物おじせず、朱衡に詰め寄った。北方の海には、船を隠せるような適当な島がなく、明の官兵の眼を盗んで、そのあたりの海岸に寄るしかなかったから、自然と重武装になる。

「うるせえ、女がごちゃごちゃ言うんじゃねえよ」朱衡が突き飛ばした。

小柄な千代は吹き飛んで、尻もちをついた。

四郎が刀を抜いた。

「やるのか」朱衡も青龍刀を抜き、「野郎ども」と言った瞬間、トトン、スッ、と音がしたかと思うと、朱衡の太い首の後ろから、日本刀の先が生えていた。

二間の距離を一瞬で詰めて、鎧に守られていない喉元に、電光石火の突きを放ったのだ。

刀を抜いた四郎は、フヒュっと噴き出る返り血をすっと躱し、構えなおして周りを見た。

手下どもは、刀に手を掛けるか掛けないか、未だ抜いた者はまだおらず、そこで敢えて抜く者も居なかった。

八幡者たちは、「なんちゅう早業じゃ」「お見事」などとつぶやき合い、女は、四郎に向かって手を合わせている。

千代は、血刀を構えたままの四郎に助け起こされ、港を後にした。

普段は温厚な四郎が、いささか唐突に剣を抜いたのは、そしてひとたび互いに武器を構えたからには行き着くところまで行ってしまったのは、千代への愛情ゆえもあろうが、前々からあからさまな海賊行為を嫌っており、金儲けのために人を人として扱わない朱衡を憎悪した千代に共鳴したためでもあったろう。そのあたりが以心伝心なのも、千代には嬉しかった。

＊

普段は豪放磊落な五峯が、頭を抱えていた。

四郎の気持ちもわからないではないが、夫人が突き飛ばされたくらいで、海賊仲間の頭目を殺してしまうというのは、普通に考えればいかにもやりすぎだった。

そこに、福建の陳三思が、義兄弟が殺されたからには、落とし前をつけねばならない、とねじ込んできた。なぜ遠く離れた福建の陳三思と山東の朱衡が義兄弟なのかというと、遠交近攻というやつだ。最大勢力の浙江閥を、牽制する意味があるのだろう。

しかし、いかに功利的な義兄弟であれ、其れを殺されて何もしないとなれば、陳三思の面子が立たない。信用の問題であり、商人生命に関わるというのは、五峯もよく理解していた。

心情的には、あの若い夫婦に大いに好感を持っていたし、少数精鋭の侍が船の機動力で遊撃戦を行えば、明の官憲とも戦えるということに気づかせてくれた。

四郎は五峯の手下ではないから、処分するという立場でもないが、双嶼を根拠地にする浙江閥の筆頭であり、さらには先だってああいう形で王を宣したからには、そこで起きた不始末に対して責を問われるのも当然ではあった。

武張った侍は頼もしいが、時に困り者である。

鬱々と悩むのは性に合わない。

四郎に直接相談すると、四郎はしばし考えた後、果し合いはどうかと言った。相手は、陳三思本人でももちろん良いが、そんな度胸も腕もあるまいから、誰でも練達の剣士を雇って代理としてよい、とのことである。

千代は声を上げて反対したし、真剣での勝負でまずはどちらかが死ぬという概念は、五峯にはいかにも野蛮に思えたが、朱衡も刀を抜いて殺されたからには、その報復として同じように刀を持った者が挑むというのは、確かに筋が通っている。

陳三思に打診すると、これが大乗り気であった。

面子も立つし、何より侍が二人、命を懸けて戦うなど、これ以上はない見物である。どちらが勝つかの賭けは大いに盛り上がるに違いない。

陳三思が、朱衡と関係の深い八幡者の中から探してきたのが、弥七であった。

腕に覚えのある者は他にも居たが、勝てば莫大な報酬が約束されていても、四郎の腕を知る者は敢えて命を懸けようとまで思う者はおらず、朱衡を知る者はむしろ、その仇を返すために闘うのを嫌がった。

だが、弥七にとっては、自分の剣を試し、かつ夢にも見なかったような大金が手に入る、またとない機会である。

五峯と陳三思を介して、委細が打ち合わせされた。

四郎は、双嶼での決闘を提案した。事の起こった場所であるから当然のようにも思える。しかし弥七は、なぜ四郎は陸を望むのか、と考えた。聞き及んでいる様子では、四郎の得意は素早い突きであろう。刀でも槍でもそうだが、突きは足場のしっかりした陸では威力を発揮するが、揺れる船の上には向かない動きである。特に軽装備の者が多い船の上では、刀で撫で斬る方が効果的であるし、このたびの果し合いに具足は着けまい。

船の上、それも小船を所望しよう。

陳三思は、双嶼は浙江であり中立ではない、海に浮かぶ船、それも八幡者のよく使う小船の上で戦うべきだと主張し、四郎は、それならば間をとって、五峯の所有する最も大きな船の上、と提案して場所が決まり、そして日時はひと月ばかり先の吉日、暑くなる昼を避けて、辰の刻（朝七〜九時）と定まった。

大船にしたのは、小船に比べて揺れが少ないからであろう。こちらが隙を見せれば、やはり突きを放ってくるに違いない。躱し損ねれば命を落とすが、予期していれば躱すこともできよう。その上で、弥七の得意な上からの斬りを浴びせれば、もし受けられても押し込めよう。

弥七はひと月の間、修練を繰り返した。

その日の朝、平戸の港から三隻の唐船が出た。

中央には五峯の大船に、五峯と船員たちだけが乗っていた。右は陳三思の船で、福建者や朱衡の手下たち、左は光頭の船で、浙江者や平戸の侍たちで、いずれも人が鈴なりになっている。一刻ばかり沖に出て、初夏のもう低くない日の光を舳先から受けるように、三隻ぴったり並んで碇を下ろした。

それぞれの船のへりに、四郎と弥七が立つと、双方から割れんばかりの歓声が上がる。

海商たちが口々に叫ぶ。どちらにいくら賭けるかを言っているのだ。侍にも幾人か四郎に賭ける者がおり、それらをすべて五峯の船の綱首が帳簿に書き付ける。

声がやむと、五峯が手を挙げた。

双方の船から、五峯の大船に渡り板が掛けられる。すぐに刀を抜いた弥七の身体を、武者震いが走った。

弥七の気分は高揚していた。俺の人生で一番の晴れ舞台だろう。

八幡者たちが法螺を吹き鳴らし、五峯と綱首が中棚から舳先の上棚への階を上った。


刀を構えた二人がそれぞれ板を渡り、幅十数間もある中棚で向き合う。

相手は決して大柄ではないが、気迫だけで達人と知れる。

弥七の手に、汗が滲んだ。

陳三思が、「四郎、お前が斃れれば、奥方は儂の妾にしてやるでな、心配せんでよいぞ」とわざわざ官話で叫んだ。千代の顔が白くなる。

弥七と対峙する相手の顔は、冷静で何を考えているかわからない。しかし、どんなに高貴な生まれだろうが、剣の前では平等である。

「早くやれ」野次が飛んだ
波のうねりを感じながら、弥七がにじり寄った。

潮風が吹く。

弥七がさらににじり寄り、それに合わせて右側に少し振りかぶり、のど元に隙を見せる。

次の瞬間、迷わず四郎が動いた。すかさず右に躱す弥七のすぐ左前に、銀の輝きが迫った。迅い。

だが想定通りだ。さらに右に躱しつつ、一瞬の動きで刀をさらに少し上げ振り下ろす。

取った。

そう思った瞬間、銀の輝きが曲がり、弥七の左腕と交わった。

小手か。構わねえ、やりきるまでよ。

刀が肉を割き、骨を断つのをなぜかゆっくりと感じながら、弥七はそのまま右手に渾身の力を込めて振り下ろした。

その刀が、白い首のすぐ横に食い込んだ。

血が溢れ、致命傷であるのが分かる。


時の流れが元に戻り、悲鳴と歓声が耳に鳴り響いた。

皮一枚でぶらさがる左手の激痛も忘れて、相手の眼から輝きが消えていくのを見ながら、弥七は気づいた。

そうか、こいつ、俺の命まで取る気がなかったのだな。

*

四郎様らしい。

千代は深い哀しみと共に、愛しさを感じていた。

夫は優しかった。そもそも謀反を起こされて故郷を追われたのも、剣技では互角であったろう相手に負けて死ぬ羽目になったのも、その甘さゆえであろう。太平の世であれば良い領主、良い夫、良い父になったに違いない。


気丈に見える千代に、五峯は「四郎を故郷に返すのであれば、船を出そう」と声を掛けた。

八幡者の習慣では、海で死んだ者は海に捨てる。余裕があれば、浮かないように足か腰に、縄で石を結んで沈めるが、そんな扱いをする気はもちろんなかった。

千代は、この巨大な唐船が吉田の津に入ったらどうなるのか、と想像して仄かなおかしみを感じたが、「平戸に葬らせてください」と言った。

この陽気の中を伊予まで行けば、身体は腐り蛆が沸くだろう。夫のそんな姿を見たくなかったし、わざわざ戻っても、河後森の墓に入れることはできない。それに、四郎は平戸が気に入っていた。


平戸の寺でしめやかな日本式の葬式を終えると、五峯は「何か儂に出来ることはあるか」と尋ねた。

渡辺組の多くの者は残り、棟梁として千代を戴くと言っていたから、そのまま稼業を続けてもよかった。

しかし千代は、「唐船を一隻貸してください」と言った。

暹羅では日本人街が栄えてきており、明人の商船は、印度やその先の阿拉伯まで往くという。行けるところまで行ってみたい。

それを聞いた五峯は、行き先は千代が決めてよいが、それに応じて何を売買するかはすべて綱首に任せるという条件で快諾した。

三か月の喪が明けると、千代は希望する者を募り、組の後を主膳に任せて、旅支度をした。

四郎の残した陣羽織を纏って墓に参り、しばしの別れを告げ、そして玻璃の盃の入った桐の箱を、永代供養の代として寺の和尚に渡した。

そして、群青色がどこまでも広がる海に乗り出した。

【時代と背景の解説】

十四世紀を中心とする前期倭寇は、九州北部諸島嶼の日本人を主体として、南朝系の武士が関わっていたのではないかと言われる。

それに対して、十六世紀の後期倭寇は、構成員としては中国人が主であったが、戦闘力の中核は日本の戦国武士が担っていたとされる。

日本側から見ると、それぞれ南北朝・戦国時代の戦乱が海にはみ出たような恰好で、略奪を受ける者にとっては慰めにならないだろうが、日本国内でも弱者は容赦なく強者に食われていた時代である。それぞれ足利義満・豊臣秀吉の取り締まりにより、統制の空白が埋められると鎮静化する。

一方、後期倭寇においては、王直（五峯）をはじめとする、中国の浙江・福建の海商が大きな役割を担った。海商といっても、明の海禁（鎖国）政策下では、すべからく密輸業者で、密貿易の取り締まりが厳しくなると、彼ら自身が倭寇の頭目と化す。

だが、それ以前においても、密貿易船の警護に起用したり、略奪してきた物品や人を買い取ったりして、倭寇の中核である武士集団にとって、いわばパトロンのような存在であったのではないかと私は思う。

そして、これらの海商に寄港地・根拠地を提供し、貿易取引による利益と領国の経済発展を図っていたのが、平戸の松浦隆信をはじめとする、海港を持つ戦国大名たちである。

後期倭寇は、中国人構成員―日本武士―明人海商―戦国大名という四層構造を成していたと言えよう。

海商たちの有力な協業者であったのが、大航海時代に入った西洋から東アジアにまで進出して来たポルトガル人である。双嶼島（現浙江省舟山市）には、一五二〇年代からポルトガル人と海商たちが、明の預かり知らぬところで街を築き、市政庁、教会、病院、千棟の民家があり、人口三千を擁する、密貿易の一大根拠地となっていた。

中国が産する茶・絹・陶磁器は、ヨーロッパ人の垂涎の的であり、象牙・香木・檀・胡椒など、ポルトガル人がインド・東南アジアから持ち込む品物も、富貴な中国人に大人気であった。

日中間ですら、中国で仕入れた生糸は、日本で二十倍の価格で売れたというから、ポルトガル人との取引の利益はそれこそ莫大であったろう。明の海禁政策が、密貿易と倭寇の隆盛を支えたともいえる。

一五四三年、種子島で領主の娘と引き換えに鉄砲を伝えたポルトガル人が乗っていたのは中国船であり、王直の所有であったと伝えられる。また一五四九年、鹿児島に上陸して布教を始めたフランシスコ・ザビエルは、島津貴久により退去させられた後、平戸から山口・京都に向かうがいずれも当初はうまくいかずに、平戸に戻る。

ヨーロッパ文化の日本伝来にも、中国の海商が大きな役割を果たした。

これらの密輸業者は、明の鎖国政策への反抗者であり、さらに反政権運動としての色彩を帯びる。

王直は、仁侠と知略に富み統率力があったと言われ、一五四二年に平戸で「徽」を国号として自分が王であると宣言し、一五四八年に明軍によって双嶼島の街が焼き払われ、港が封鎖されると、倭寇を率いて積極的に中国沿岸部の都市を襲撃し、一五五八年に騙されて捕らえられ、翌年勅命により処刑された。

この流れは、明にとって敵か味方かは異なるが、後に清に抵抗する、鄭成功に受け継がれているとみて良かろう。その父親、鄭芝竜は海商で、母親の田川マツは平戸の日本人である。

後期倭寇の最盛期は、一五四〇年頃から一五六〇年頃までで、それほど長くない。

ちなみに、有名なカリブ海の海賊も、その狭義の黄金時代は一七一六～二六年とされている。

海という国境のない領域に、政治体制の混乱や航海技術の進歩によって国家の権力が及ばなくなると、実力主義・自由主義的な多国籍空間が泡のように生まれ、そして消えることがある、と一般化できようか。

中国船をジャンクという語の由来は不明だが、十四世紀の大旅行家イブン・バットゥータが中国船を「ザンク」と記しており、英語のガラクタの意味ではもちろんない。船体が隔壁で仕切られた構造による高い対浸水性能と、竹を横に貼った帆による優れた逆風航行性能を持ち、当時の世界で最も長期航海能力に秀でていた。

大きさでいえば、明代に外洋航行用に建造されたジャンク船は、積載量五百～千五百トンで百～二百人が乗り組んでいた。

これに対して、同時代の日本で平均的な二百五十石積みの商船は、積載量でいえば約三十八トンおよそ十五人乗りで、比べ物にならない。この時代の最も大きな和船でも積載量百五十トンほど、ジャンク船に倣って作られた、遣明船のもっとも大きなもので約三百五十トンである。

明初の、鄭和の大航海で用いられた船は、その大きなもので、全長約百四十メートル、全幅約五十八メートル、九本のマストに十二枚の帆を備えていた。積載量で言えばおそらく三千～四千トン級であっただろう。これが六十隻以上、総乗組員三万人近い大艦隊を組んでいたと記録され、当時の明の国力の大きさが伺える（※）。

王直が一五五〇年に建造した大船は、全長百二十歩というから、鄭和の船よりは一回り小さかったことになる。

ところで、近世日本剣術の源流のひとつとして名高い陰流の開祖、愛洲久忠は若い頃（一四八三年～八六年）遣明船に乗り組み、寧波から北京にまで赴いている。また、倭寇が所持していた陰流の目録が、討伐した明の将軍により奪取されている。

日本武士はその戦闘力に比して場所をとらず、刀は船上での戦闘に向いているから、貿易船の用心棒として歓迎されたに違いない。船に乗り組んだ武士たちは、航海の間、剣術の稽古ぐらいしかすることがなかったであろうから、練達の剣士がよく出たかもしれない。

※：鄭和は、元王朝に仕えた色目人の子孫で、当時まだ明の支配の及んでいなかった雲南の貴族・官僚の家に生まれたが、十歳の時に雲南が明に征服され、捕らえられて去勢され、宦官として後の永楽帝に献上され、その後の功績により宦官最高位の太監にまでなる。

永楽帝は積極的に国土を広げると共に、周辺諸国に使節を送って朝貢を促した。その一環として、イスラム教徒の鄭和を長として、一四〇五～三三年に掛けて計七回の南海航海が行われた。最初の三回はインドのカルカッタまで、その後の航海（第四、五、七回）では、本隊はペルシャ湾のホルムズまで、分遣隊はアフリカのマリンディ（現ケニア）にまで到達している。いきあたりばったりの冒険航海ではなく、定期的に同じ航路沿いの王朝を訪問し、使節を乗せてまた送り返すという修好と通商を目的としていたが、当時のマラッカ・ジャワ・セイロンなどの政情には大きな影響を与えた。

魔都編

大正十四年（一九二五年）四月、上海。

社主の乗った神戸からの定期船は、ほぼ定刻通り、正午過ぎに黄埔埠頭に到着した。

麗らかな春の日差しの中、一等船客が優先されてタラップを降りてくる。

洋装の商人風、袴を履いた男性や洋装の女性など日本人が多いが、長崎に観光に行ったらしい華やかな西洋人の家族連れや、詰襟に丸眼鏡の中国人留学生も見える。

「小川君！」

社主だ。恰幅のいい身体を焦茶色の背広に包み、山高帽にステッキと大きな革鞄を持ってハイカラに装っている。

「ご苦労さん。みんな元気かね？」

春休みを地元の大阪で過ごして来たからか上機嫌だ。神戸から長崎を経て上海に至る日華連絡航路が開設されたおかげで、便利になった。

「はい、みな順調にやっております」

二等船客が降りてきて、あたりは賑やかになった。甚平を着た職人たち、遊女らしき娘たち、軍服の一団、浴衣に下駄履きの者まで居る。周りでこれだけ大量の日本語が飛び交うのも久しぶりだ。九州の方言が多いが、関西弁も聞こえる。

社主の鞄を預かり、自動車に案内する。上海の街を走る自動車は数千を超えていたが、日系の企業家で車を所有している者はまだ少数だ。普段はどちらかと言えば慎重で倹約家の社主が、何か思うところでもあったのか、米国で大量生産が始まったばかりの自動車を一台購入したのだった。

車に乗り込むと、社主は運転手に行き先を指示した。

社に向かうのではないらしい。

車が走りだすとすぐ、左手に白壁と赤屋根、青銅の玉葱型の小塔がロシア風を演出している洋館に差し掛かる。本国の政変によりここ数年は閉鎖されていたが、以前のロシア帝国領事館に代わり、蘇聯領事館として再開して日が浅く、まだ修繕の人夫が働いていた。

「ロシアも大変やな」

「そうですね、ソビエト、と言うんでしたか」

「共産主義者が天下を取るとは、そんなことがあるんやな」

日本も大正デモクラシーの真っ最中、共産主義もまだ忌避はされていない。

鉄骨造りの外白渡橋を渡ると、右手には広い緑の敷地を、ターバンを頭に巻いたインド人兵士が歩哨しており、奥には風格ある英国領事館、領事公邸と付属教会が見える。

それを過ぎると外灘だ。

東洋一と称される金融・商業街、立ち並ぶ洋風の石造建築はその多くが真新しい。建物だけであれば、東京の丸の内もそうは引けを取らないが、英・米・日・中の銀行・海運会社・新聞社などが肩を並べているその活気は、やはり上海の方が上であろう。

車の左は黄埔江で、岸にはたくさんの小さな木船が暗褐色の魚か鳥の群れのように蝟集し、その先を小型の汽船が何隻も行きかっている。

「どちらに行かれるので？」

「銀行や」

「銀行なら、財務の佐藤君を連れていかれた方が良いのでは？」

「いや、君の方が中国語出来るしな。それにこの電報、見てみ」と言って、手を伸ばして鞄を開け、折りたたんだ紙を取り出し、開いて見せた。

「ユセイニュウキンセズ」と書かれている。

「あっ、返金してこなかったんですね」

「そういうことや。あんだけきっぱり払うて言うてたのにな」

牧野紡績はその名の通り、紡績業を営んでいる。

秋に、長江流域や新疆で収穫される材料の綿花を、地元の商会に一定割合の前金を払って買い付けてきてもらうのだが、最大の仕入先であった裕晟商行が、冬を過ぎても納入してこなかったのである。その後、何度か交渉したが埒が明かなかったので、先々月、社主が日本に帰国する前に、生産部長の小川を伴って直談判に赴いたところ、丸々と太った裕晟の老板《ラオバン》は、「三月末までには確かに前金を返金する」と請け合ったのだった。

車が三馬路（漢口路）を右に入ると、左右に聳えた石造建築の陰になり、川沿いに開けて明るい外灘に慣れた眼には、渓谷にでも入ったかのように薄暗い。

共同租界の行政機関である、広壮な二階建ての工部局を左手に過ぎると、街並みは雑然としてくる。木造建築が増え、餐庁や旅館の看板が並び、賑わう商店から上海語が開け放った車窓に飛び込んでくる。

人力車に乗った西洋婦人と行きちがい、車は廟路（山東中路）を越えたあたりで停まった。

少し先には、妓楼の花灯もちらほら見えるが、まだ真昼なので人の気はない。

車を降りた社主に続いて、上海特有の暗灰色と赤茶色の煉瓦を組み合わせた石庫門造りの一階、金文字で銭庄と書かれた看板が掛かっている入り口をくぐる。

中には、天井から小ぶりながら精緻なシャンデリアが下がり、左右には木製のカウンターが並び、その背後には油絵が飾られ、小さいながらも西洋式の銀行の体を成している。

奥のデスクには、洋装に細い口髭の若い男性が座っている。

こちらに気付いて、にこやかに立ち上がった。

「Mr. Makino, glad to see you!」綺麗なアメリカ英語である。医学や法律を志す者は日本に留学することが多かったが、富裕な商業関係者は、子弟を米英に留学させる傾向が強かった。

社主が握手を交わし、べたべたの日本語訛りで「ハローヤンサン」「デスイズオガワ、アワプロダクションヘッド」と紹介してくれる。

伸ばされた手を握り「請多関照」と言うと、「幸会 Ogawa 先生，我是小楊（シャオヤン）」と爽やかに言った。

青年銀行家は、入り口に停まった車を指して社主に向かい、「Ai-yo, nice one! It's the latest American automobile, isn't it?」（これはすごい！　最新のアメリカ製自動車ですな?-）、とソツがない。

社主も満面の笑みで「イエス、サンキウ」と返した。

デスクの脇から、奥の部屋に通される。

表とはうって変わって中国式で、中央には小ぶりの円卓、壁には書架に本や陶器が並んでいる。

示されるままに二人が座ると、青年はそのまままさらに奥に向かい、上海語で呼び掛けた。「ディャディャ、サッパンフニンレイラー、マキノシーサン」と聞こえる。

すぐに小柄な白い山羊髭の老人が現れた。細面が青年によく似ていて、短く上海語を交わす様子からも、親子であるのが分かる。

社主が「ラオヤン（老楊）」と呼びかけると、老人が会釈を返した。

楊親子も円卓に着くと、使用人が中国緑茶の一式と干菓、続けて心得たように紙と筆二本と墨壺を持って来る。

社主は、遠慮せずに筆をとり「身体ハ如何」とかっちりとした字で書くと、老人は同じ紙のすぐ下に、「謝謝関心 仍然膝蓋疼」と優美な文字を書き、膝を指して顔をしかめて見せた。社主は日本語で書いており、老楊は中国語を書いているが、ほぼ問題なく通じるのが漢字文化の偉大さである。

社主は「早期ノ回癒ヲ祈ル」と書いて筆をおき、鞄を引き寄せ、中から細長い包みを取り出した。栗羊羹である。それを老楊に渡して、「小川君、ほな頼むわ」と言った。

小川が中国語で状況を説明するのを聞きながら、小楊はお茶を振る舞い、時々父親に上海語で要約している。老楊は、国語（北京官話）はあまり解さないらしい。一方で、社主は中国語を話さないが、何年も上海にいるので、聞くぶんにはだいたい分かる。

主たる仕入先から材料が入らず、他所を探して苦労したこと、それによる高値買いの損失、前金そのものも相当な金額になることなど、ひとしきり説明が終わると、社主は筆をとって、「裕晟商行ハ、商売ノ信義ニ悖ル、回収ヲ依頼ス」と書いた。

老楊はうなずいて、「情況已暁」それから「五、五」と書き、それを横線で消して「三、七」と書いて上海語で少し話し、それを、このような回収代行は手数料五割が相場であるが、状況と牧野先生との付き合いを踏まえて、三割で引き受けましょう、と小楊が訳した。

社主は「二、八」と書き、それを線で消して、上の「三、七」を丸で囲んだ。そして「三月上旬の様子では、正常に運営しとったで、資金繰りに困っているわけではないと思うんや。二割でお願いしたいところやが、三割でお願いするで、迷惑やったというのをよう伝えて欲しいんや」、と言うのを伝えた。

楊親子は顔を見合わせたが、老楊が頷いた。

日本人二人を送り出した後、老楊はまた紙を取り、さらさらと信書をしたためた。

それを、小楊が封筒に入れ、栗羊羹の三分の一を包んだものと一緒に小袋に入れて、使用人を呼んで届け先を指示した。

*

信書と栗羊羹が届いた先には、プラタナスの並木道があった。

フランス租界である。

東洋一の歓楽街と称される大世界に、いくつもある歌劇場や映画館には、今夜も裕福な中国人が詰めかけ、街灯に照らされた街角にはハンサムな中国人映画俳優のポスターが貼られている。

そこからほど近い、格洛克路（柳林路）沿いの新興ナイトクラブも、さまざまな客で賑わっていた。

葉巻や鴉片から漂う煙と、ジャズバンドの演奏を、天井から下がった大きな扇風機がゆったりとかき回している。フロアではフランス語が主だが英語やイタリア語も聞こえ、二階席からは、博打でもしているらしい中国語の歓声が時おり聞こえる。

本国から赴任したばかりの駐在武官補佐官、エリック・デュグレー大尉は、先任士官のジャンに連れられてステージのほど近くに座っていた。

ジャンは、フランス人なのにジャズが好きな変わり者だ。普段はおしゃべりなのに、体を微かに揺らしながら、フィリピン人とロシア人ミュージシャン混成バンドの奏でるアメリカンな旋律に聞き入っている。

いたずらっ子がそのまま大きくなったようなジャンは、サン・シール陸軍士官学校の一年先輩で、後輩をしごく士官学校の伝統を率先して実践していたのに、エリックのことだけは妙に気に入っていた。そればかりか、エリックがわざわざ極東にまで来て、条約の関係で二名しか居ない上海領事館付きの駐在武官補佐官を務めることになったのも、ジャンの誘いと根回しがあったからこそである。

エリックは、音楽よりもむしろ、東洋と西洋の入り混じった店の内装、客や店員の服装が新鮮で、あちこちを眺めていた。

カクテルのお代わりをボーイから受け取ろうと身を乗り出した時、二階席の下の奥まった暗がりに差し込んだ光の中に、白い顔が浮かんだ。

見慣れた西洋人女性とは全く異なる、陶器のような滑らかな肌に、小さな赤い唇。切れ長の目に、黒さが際立つ瞳。

その神秘的な組み合わせから目が離せない。

視界の中で何かが動いている。

「おおい、エリック！」耳元の大声でようやく我に返った。

ジャンが、目の前で手を振っている。

「どうしちゃったの」

「あの女性、綺麗じゃない？」と思わず言わずにはいられない。

ジャンもエリックの視線の先をたどる。

「ああ、美人だな」

「今まで見た中で、一番の美人だ」と言うと、ジャンがにやにやして言った。「イエローフィーバーだな」

イエローフィーバーとは、アジア人女性を偏好する欧米人男性を指すが、ジャンは中国に来たばかりのエリックには、現地の女性がみな美人に見えるのだと茶化しているようだ。

そうなのだろうか。

いや、違うと思う。上海に来てから街で見かけた中国人や日本人女性の顔は、皆のっぺりとして似たように見え、全然魅力的だと思わなかった。

だが、あの女性は、息が苦しくなるくらい美しいと感じる。

「行って話してみたら？」とジャンが言う。

それは考えていなかった。

自分が実際に立ち上がり、その女性に歩み寄って話しかけることを想像すると、胸が高鳴って顔が火照り、思わずうつむいた。

それを見たジャンは、「重症だな」とまたにやにやして首を左右に振った。

エリックの女性経験は、おそらく豊富なほうだ。パリではその金髪碧眼の容姿でよくモテた。それなのに、今はまるで思春期の少年のようだ。

いわゆる一目惚れだろうか。

それも少し違う気がする。他の男がどうかは知らないが、エリック自身については、仕草や表情など、女性の個性が感じられる何かが男心に刺さった時に惚れるようだった。

顔だけを見てそれが起きたというのもありえなくはないが、それよりも、これまでの自分にとっての美人の概念とは全く異なる、東洋的な美の新鮮さが、自分の心を捉えたのだと思えた。漆黒の地に繊細な金銀の蒔絵が施された漆器や、蒼く輝く反った刀身にかすかな刃紋が波打つ日本刀を、初めて見た時のように。

眼を上げると、女性は暗がりに沈んでいたが、ほのかに白く見分けられる顔は、やはり美しいと思えた。

先程は、立ち上がったはずみに光があたったのだろう。

もう一度、しっかりと見てみたい。

よし、本当に話しに行こうか。

ジャンの気配を感じてちらりと見ると、その表情と声音は、さっきとはうって変わって真剣だった。

「あれは、普通の客じゃなさそうだぞ」

言われてみると、数人の屈強な中国人に囲まれているように見える。

「ここはフランス租界だぜ、我々が主人だ」

片眉を上げるジャンを置いて、エリックは立ち上がり、左腕に巻き付けたロザリオを握った。毎日何度もお祈りをするほど信心深い訳ではないが、士官任官祝いに両親から貰って以来、持ち歩いている。

アドレナリンが首筋に回り、息が震えた。

久しぶりの甘い高揚感。

颯爽と、だが早すぎない歩みで暗がりに向かう。

自分で一番魅力的だと思う微笑を浮かべて、声をかける。

「Bonsoir mademoiselle」（こんばんはお嬢さん）

「ごめんなさい、フランス語は話しませんの」と英語で返された。

高すぎも低すぎもせず、クールな中に少し甘さもあるいい声だ。訛りもむしろ耳に心地よい。

陸軍士官学校で、英語を履修してきてよかった。

「ああ、すみません。少しお話ししてもよろしいですか？」

数秒の間があって、彼女が「仕事があるので、少しだけでしたら」と言って左に目をやると、そこに座っていた大柄な男が席を立った。

小声で「Merci」と言って、腰を下ろす。

コの字型に配置されたソファ席の正面に座る彼女は、ナイトブルーに銀糸の旗袍（チャイナドレス）の上に黒のショールを羽織っている。

間近で見る顔は、西洋人の感覚からは、少女のように幼く見えるが、男性としての直感は、視線と表情に成熟した女性を感じ取っている。その落差に、眩暈がしそうなほどの興味を覚えた。

「あなたは美しい」

彼女は笑って言った、「ありがとう。あなたもとてもハンサムね」

「ノンノン、パリには私くらいの男性はたくさんいます。あなたは本当に魅力的だ」

「パリの男性はみなお上手なのね。上海にも美人はたくさんいますよ」

「先週、赴任して来たばかりなんです、東洋は初めてで。ああ、失礼しました。エリック・デュグレーです。エリックと呼んでください」と、喉の奥を震わせるフランス式のRで自分の名前を告げた。

「発音が難しいわ」

「英語式に、エリックでいいですよ」

「私の名前は、英語式でよければ、メアリー」

「ああ、いいですね、聖母と同じ名前だ」クリスチャンだろうか。思わず彼女の首周りを見ると、彼女はその視線を正しく察知して言った。

「クリスチャンじゃありません」

「良かった」

「なぜ？」

「なぜだろう」カトリック教徒は未婚者の、プロテスタントは既婚者の付き合いにうるさい。

「一応、夫が居ますのよ」お互いに訛のある簡単な英語で会話をしているのに、まるで思考が全て伝わっているかのようだ。

「ああ、美しい花には常に主が居ますね。でもなぜ、一応、なんです？」

「なぜかしらね」といって彼女は笑った。

夫婦仲がうまく行っていないというような、よくある話だろうか。

また視線で尋ねると、彼女は目をそらして言った。

「お連れの方が、帰りたそうよ」

見ると、ジャンが気を利かせて、ひっそりと先に帰ろうとしていた。

「あなたも帰るべきね」

「先に帰らせたらいいですよ」

「あなたも帰るべきよ」と、語調が変わった。

つまり、この会話はここまでという意味だろう。

「また会えますか？」

数秒間が空いた。

「この店にはよく居ます」

ごく短い会話だったが、心の浮き立つ余韻は、官舎に戻ってからもずっと消えなかった。春の夜が温かく輝いている。

結婚している？　フランス紳士は、そんなことは気にしないのだ。

明日もまたあのクラブに行ったら、あからさますぎるだろうか。

翌朝、少し遅れてフランス領事館にやって来たジャンの顔を見るなり、エリックは言った。

「ジャン、今日もあの店に連れて行ってくれよ」

「そう言うと思ったよ。実は、あの女性について調べてきた」

「早いな！」

「ローカルの間じゃそれなりに名が通ってる、巡捕房（警察署）で聞いたらすぐだったよ。楊夫人って、最大級勢力の黒幇幹部の第三夫人だそうだ。要するに、火遊びするには一番やばい相手だな。だからって、別にやめろとは言わないがね」ジャンは相変わらずにやにやしながら言った。

第三夫人ってなんだ。

しかも、少女のような顔をして、マフィアの一員とは。

「俺は今夜は、駐在武官殿夫妻のプラフォン（ブリッジに似たトランプ遊びの一種）のお相手だ。行くなら一人で行ってこいよ」とジャン。

エリックが複雑な心境のまま、その夜もナイトクラブに行くと、同じソファ席に彼女は居た。

改めてみると、奥まって目立たないが店全体が見渡せる場所で、強面の男たちに囲まれている。他の客と違って、食事や音楽を楽しんでいる風もない。

彼女の夫の所属する組織が、店を経営しているのだろう。

昨日とは違った緊張で手に汗が出る。

ええい、ここまで来て帰るなんて真似が出来るか。

唾をのみこみ、にこやかに手を振りながら歩み寄り、「今日もまたご一緒していいですか？」と声をかける。

彼女は、少しためらって頷いた。

昨日と同じように、大男が席を空ける。

「迷惑じゃなければいいんですが」と思わず聞くと、彼女は目を閉じて数秒間開かなかった。

拒絶されるのだろうか。心配になったところで彼女は目を開けて、エリックに向かって微かにほほ笑んだ。

「迷惑ではないわ」

よかった。その表情には、彼が今夜、彼女に会うのを楽しみにしていたのと共通の何かが感じられた。

「あなた、宿題をしてきたってことね」笑みを消して彼女が言う。

緊張が声に出ていたのだろうか。遠い海を隔てて異なる文化圏で生まれ育ったのに、母国語でもない言語で、これほど敏感に気持ちが伝わるというのは驚くべきほどだ。

「ジャンって、昨夜いたあいつが調べてきてくれてね。この店にいるのは、仕事ですね？」

「今はそうね。ちょっと違う仕事がしたくて」

「前は何をしていたんです？」

「いろいろよ」ちょっと間をおいて、開き直ったように付け足す。

「主には、妓楼と娼婦の管理。それが女の仕事」

続けて、「ご要望なら、美人をご案内しましょうか？」と笑いながら聞くが、目が笑っていない。

「上海に来て、美人だと思ったのは貴女だけです」それは正しい回答だし、全く本心でもある。

「ほんと？　嬉しいわ」賞賛を素直に喜んでいるのが分かる。繊細な陶器の人形のようだという印象は今も変わらないが、女性としての感情は東西共通らしい。

「上海に来る前は何をしてらしたの？」

問われるままに、中尉としての二年のマルセイユ勤務、パリの郊外にある陸軍士官学校、北仏の田舎で小農園を経営する家族のことなどを話しこんだ。それを聞いている彼女も楽しそうである。周りにいる男たちは英語は解さないらしく、しばらく彼に向けられていた注意と無言の圧力は、いつしか店内に戻っていた。彼の悩みも消えた。マフィアの女だからってどうだというのだ。

「メリー」フランス式に喉を震わすRで彼女の名前を口に出すだけで、心地よいほのかな緊張が走る。

「僕の話は十分だよ、君の番だ。君のご家族は？」

「兄と父が、共同租界で小さな銀行をやっているわ」やはり教養ある家庭で育ったのだ。

「どうして、今のような仕事をするようになったんだい？」つまり、なぜ黒幇幹部の第三夫人などになったのか。

彼女は、その言外の質問を的確に汲み取り、彼の目を見て答えた。

「攫ってこられたのよ。私が十三の時に」

想像上の情景がいくつも頭を駆け巡り、思わず沈黙した。

そもそも彼女は今いくつなのだろうか。東洋人を見慣れないエリックには少女のように見えるが、そんなに若いはずはない。もしかしたら年上なのか。いずれにしても、いたいけな年齢には凄まじい経験だったに違いない。

その時、音楽がバラードに変わった。

何組かの男女が立ち上がり、フロアの中央の空いた空間でスローダンスを踊り始める。

「踊りませんか?」エリックが手を差し出すと、彼女はその手を取った。

身を寄せて立ったものの、とまどうような素振りから、普通なら店で踊るなどないのだと思われた。今

だからか、彼だからか。

彼女の腰に手を回すと、コルセットもベルトもしていないのに、その細さに驚かされる。旗袍に包まれ

た身体のしなやかさと柔らかさが感じられる。

髪の匂いが、風変わりな香水のように、頭の芯を痺れさせた。

曲が終わり、楽団が片づけを始めた。今夜の演奏はこれで終わりらしい。

ソファに戻り、腰を下ろした二人はしばし無言で見つめあった。彼女の瞳も心なしか潤んでいるように

見える。

エリックが思わず身を寄せて唇を合わせようとすると、彼女は目を見開いて身を引いた。

「ダメよ」

エリックを見たまま、顔をぐるりと回して言う。

「ここではダメ」

ここでなければいいのかな。

エリックは照れ半分、安心半分で笑い、期待を込めて誘う。

「こんど食事をしよう」

「外でデート？」

「うん」

「それもダメよ」

思わず頬の下がったエリックを見て彼女は微笑んだ。

「そんなにがっかりしないで。何か方法を考えるわ」

彼女は、店の奥に姿を消した。

しばらくして戻ると、エリックを手招きして店の出口へ向かう。

後に続いて店を出ると、少し離れた街灯の下で、彼女は黒い小さな袋を差し出した。

「中の箱を開けてはダメよ」

受け取ってみると袋は天鵞絨で、小さいのにずっしりと重い。

「非番の日はいつ？」

「ええと、次の日曜日」

「いいわ、日曜日ね」

彼女は、辺りを見回して誰も見ていないのを確かめると、伸びあがって素早くキスをした。

「おやすみなさい」

エリックが驚きと喜びから醒めて何かを言う前に、彼女は店の中に消えた。

唇に残る柔らかく熱い感覚を味わいながら官舎に戻り、黒い天鵞絨の袋を書類机の上に置いた。

彼女は「箱」と言ったのだから、袋そのものは、開けてもよいのだろう。

おそるおそる開けた袋の中には、折りたたんだ紙と、紐で縛られた小さな木箱がある。紙には、綺麗な筆記体で、「親愛なるエリック　ランチにご招待します　メアリー」と書かれ、その下に住所と「追伸　箱は開けないこと」という注意書きがあった。

木箱の滑らかな表面をそっと撫でる。

何が入っているのだろう。

紐を引いて開けたいという誘惑をじっとこらえる。

これは、何かのテストなのかもしれない。

しかも、紐の結び方が独特で、ひとたび解いてしまったら同じように結び直せる自信がない。

エリックは、小箱をそっと黒い袋に戻した。


彼女が自分に好意と関心を持ってくれているのは間違いない、そうと思うと、まるで初恋のようなときめきを感じる。それは、彼女の外見が少女のように幼いからだろうか。だが、そんなに純真なはずはない。

暗がりに浮かぶ白い陶器のような顔と赤い唇を脳裏に浮かべると、海千山千の妖女のようにも思える。

人目のあるところでは、キスもしない理性的な女性かと思えば、二人きりになったときには意外と情熱的なところもある。

次の日曜日が待ちきれない。少しは彼女のことが理解出来るだろうか。

＊

牧野紡績上海工場では、朝から騒ぎが持ち上がっていた。

さほど離れていない生産棟から、叫び声が聞こえたか思うと、班長の兪が事務棟に駆け込んできた。

「小川部長，請您来一下！」（ちょっと来てください）

駆けつけてみると、生産ラインの一か所に、人垣ができている。

部長が来たのを見て、ほとんどは蜘蛛の子を散らすように持ち場に戻っていったが、小柄で色黒の日本人工長と、それに向き合う険悪な雰囲気の数人の男性工員が残された。

その間に、一人の若い工員が顔を抑えて蹲っている。いや、若いというよりまだ少年で、見覚えがないところを見ると、最近来たのだろう。

「どうした？」と聞くと、工長の杉本が答えた「こいつが、仕事さぼってやがったんで」

「顔をどうかしたのか？」

さきほど呼びに来た兪が、中国語で声をかけると、少年工は顔を上げた。右の頬が腫れあがっている。

「殴ったのかね？」と杉本に尋ねると、「うじうじして言うことを聞かねえもんで」と答えた。

「是這様嗎？」（その通りかね？）と兪に聞いた。兪は日本語も多少分かる。

兪が少年工に話しかけ、少年工が答える。

中国語での会話が続き、杉本が焦れてもぞもぞした。

手が動いていなかったのは事実だそうだ。だがこの少年工、本人が希望して働きに来たのではなく、誘拐同然に連れてこられたらしい。

上海は、なんでもありの自由都市だ。一日十二時間の重労働をわずか一角五分という低賃金で調達出来る。

日本では、大正に入って土曜日半ドンが民間企業にも広まり、労働時間やその他の労働条件もずいぶんと改善されたが、明治の頃の紡績工場は相当に劣悪だった。今の上海は、それと同じか、さらにひどい。

それでも、望んで働くのであればそれも本人の自由だ。共産主義者からすれば、労働者から搾取している、ということになるのだろうが、そんな仕事でもなければ食うに困る者たちに、職を与えているというのも事実である。

しかし、本人が希望していないとなると、話は違う。

「那就不対啊，譲他回老家吧」（それはいかんよ、彼を実家に帰してやりたまえ）と言うと、兪は「請您等一下」（ちょっと待ってください）と言って少年工との会話を続ける。

少年工が言うには、自分は、親に売られたのかもしれない。もしそうなら、勝手に家に帰れば大きな迷惑をかける、とのことだった。そして「可是我想家」（でも家が恋しい）と言い、目から溢れた涙が、腫れた頬の上を伝わった。

中国語がわからない杉本も、雰囲気を感じたか、少しバツが悪そうにした。

杉本に状況を説明する。

その上で、「兎に角、手を上げてはいかんよ」と諭すと、不満そうな顔をした。

「こいつらは怠け者です。厳しくやらんと、どうもならんですよ」

杉本は粗野だ。そうでなければ、上海で工場の工長は務まらないと考えている経営者も多いが、小川に言わせれば逆だ。言葉が通じない労働者を管理するには、むしろいろいろなところに気が回らなければならない。だが、そもそも上海にまで来て勤務してくれる生産現場管理者を探すだけでも、なかなかに大変だった。

また、杉本の言い分にも一理あり、ここらの労働者は日本の工員に比べると我慢強さが足りず、なんだかんだ言い訳をして怠けようとする者も少なくない。

だが、もしこの少年が日本人だったら、杉本は殴っていただろうか。

兪が言った。「部長，我跟他説話，先叫他去做工作」（私が彼と話して、まずは仕事に戻らせますから」

「好吧，照顧一下他吧」（わかった、面倒をみてやってくれ）

兪は、しっかりしている。

ひょろっとして線は細いが、学習意欲が強く、それに応えて小川も、紡織設備や生産管理の諸々を、兪には教えてきていた。

「我去報告社主、這個事情探討一下」（社主にこの件を報告してちょっと相談する）と言うと、兪もうなずいた。


午後になり、社主が来た。

日本式に、開けた事務所の一番奥まったところに、全体を見渡せるように社主のデスクがある。小川部長が朝の事件を報告すると、口調から何かを感じたか、社主は「夕飯でも食いながら話そうや」と言った。

午後は何事もなく過ぎ、その晩、車は虹口にいくつもある料亭の一つに向かった。

行きつけの店ではあるが、部下に奢るにはいささか贅沢だ。

藤紫の小紋をきっちりと着こなした日本人女将に迎えられ、案内された小部屋には、大咲きの芍薬が生けてあった。

「芍薬か、もうそんな季節か」

「これは、香港からですのんよ」

「おお、そうか」言われてみれば、四月の上海にはまだ芍薬は咲いていないだろう。

「花だけやのうて、雲丹と烏賊も、大連からええのが入ってますよ」

やはり関西出身の女将は、得意客と楽しそうに話し込む。

料理と清酒が出始めたところで、社主が懐から、袱紗の小さな包みを取り出した。

「これな、長崎の古董品屋でこうたんやけど、これでちょっと呑んでみたいんや」

中から出て来たのは、風格のある赤とオレンジ色の入った小さなガラス杯で、舶来のビードロであろう。

「あら、綺麗やわあ」

「十五世紀のイタリー製らしいで」

女将は、「ほんなら早速」と、そのガラス杯と、用意されていた二つのお猪口に清酒を注ぎ、「折角だから、一杯だけお相伴させておくれやす」と三人で乾杯し、「あら、おいし」と手の甲で口元を抑えてから、「ほな、失礼します」と引き下がった。

残った男二人で、萩焼の小鉢に盛りつけた、先付の小魚の南蛮漬けを肴に、つぎつつがれつ、焼物まで進んだところで、社主は切り出した。

「ほんで、今朝の件はどうや、危なかったんか」

「一応収まったと思うんですが、一歩間違えば喧嘩沙汰、下手をしたらうちでもストライキって事態も」今年に入り、上海や青島の工場でストライキが頻発していたが、牧野紡績では幸い、いまのところそういう動きはなかった。

「ストライキは困るな。杉本君には、もうちょっとうまいことやるよう、儂からも言うとくよ」

「お願いします。それとその、工員ですが」

「うん」

「無理やり連れてこられたというのでは、やはり可哀想です」

「せやな」

「業者に、そういう工員の集め方はしないように言っておきます」

労働者の募集は、それを専門にしている業者に委託している。必要な数を集めてくれるのはありがたいが、手段を問わずでは困る。

社主はしばし黙り込んだ。

「小川君、そのあたりはな、支那人同士のことや。口を挟まんほうがええかもしらんで」

小川の怪訝そうな顔を見て、社主は付け加えた「あれよ、支那のヤクザもんが絡んどる」

確かにそうだろう。上海の租界では、外国人は領事館を頼れるが、中国人は様々な次元の非公式権力が醸成する、秩序ある混沌の中に暮らしている。少年本人が、帰れないと言うからには、帰れないのであろう。

「よその工場にはな、ストライキが怖いから、日本みたいに女工だけを使いたい、と言っとるとこもあんねん。けどそういうことにはならん」といって意味ありげな顔をした。

「もちろん、みんながみんな、とは思わん。けど、上海には女郎屋が、ピンからキリまで、ほんまにようさんあるしなあ」

紡績工場で働かされるのと、身体を売らされるのと、どちらが不幸だろうか。

部長の眉をひそめた顔を見て、社主は言った。

「うちなんかましなほうや。けど、いちばんえげつないのは、支那人が経営しとるとこやけどな」

社主は、羊肉の竜田揚げを口に運びながら言った。

「小川君は、ほんまええ男やな。優しいし、支那語もよう出来るから、工員に信頼されとる。けどな小川君、今の状態がいつまでも続くと思うか」

「ええと上海が、でしょうか?」つい半年前にも、江蘇と浙江の軍閥が戦争し、上海が巻き込まれそうになったばかりである。幸いにも数万人の難民と負傷兵が流れ込んだだけで事なきを得た。

「上海もやけどな、もっと大きな話や。支那の中は、相変わらずばたばたやっとるその間に、イギリスもフランスも軍隊の装備はどんどん変わってきとる」

「国際連盟が出来て、これからは戦争をしない、って話ですけど」

「そら、戦争にならんに越したことはない。だがこれは、少なくとも競争や。より力をつけたものがさらに力をつける。小川君、我々がここで儲けることが、日本を強くすることになるんだよ」

それはそうかもしれない。企業の経営も同じだ。よりよく儲けた会社がその資金でさらに事業を拡大出来る。

「豊田さんとこな、次は機械や、っていうとる。あの人は先見の明があるで」なるほど、だから社主は自動車を買ったのか。

食事の最後に、小さな白磁椀に盛られた餡蜜が出たところで社主は言った。

「そうそう、その工員な、見舞金は出しとこか」

*

日曜日の昼、エリックが指定された住所を訪れると、そこはフランス租界の西の外れにある、瀟洒な中華式邸宅であった。

壁に刳られた円形の穴をくぐり、庭園の小さな池に掛かる折れ曲がった橋を渡ると、薄暗い玄関で、クラブでいつも彼女の隣に座っている大男が出迎えた。

言葉もなく差し出された肉厚の手に、彼女から預かった天鵞絨の袋を渡すと、男は中から小箱を取り出し、あれだけ悩みの種だったそれを、あっさり開けてしまった。

小箱の中身は、紙にくるまれた金の塊であった。

男は爪を立て、残った痕に頷いて、二階を指す。

大男は、エリックが階段へ向かうのと同時に、外へ出ていった。


狭い木製の階段を上がると、壁一面が開け放たれ、春の陽光が燦々と差し込んでいる。

逆光の中に、彼女がいた。

今日は、白いシンプルなドレスで洋装である。

繊細な木の欄干やそれ越しに見える庭園が中華風なのとは対照的だ。そういえば、店の内装は洋風なのに、彼女はいつも旗袍を身にまとっている。

「ようこそ、エリック」としっとりと言う彼女に、「お招きありがとう」と礼儀正しく言って頭を下げた後、顔を上げてにやりと笑った。彼女も同じように笑みを返す。何かのいたずらに一緒に取り組んでいる子供のような気分が二人の間に通う。

「よくここまで来たわね」と彼女は言った。この場所は、市街の外れではあるが、決して遠いところではない。おそらく物理的な意味ではなくて、何かの程度を言っているのだろう。確かに、出会って三回目に自宅だか別荘だかに食事に招待されるというのは、あまり保守的とは言えまい。

「君が居る場所にならどこへでも行くよ」と返す。

彼女は真顔になり、数秒間エリックを見つめる。

気恥ずかしくなって、目を逸らして言う。

「あのね、プレゼントがあるんだ」

白いハンカチに包んだ、特製のペンダントを取り出す。自分の金のロザリオから、花形の模様が掘られた主の祈りの大玉を一つ取り外し、大馬路（南京東路）の珠宝店で、翡翠の小さな円盤に嵌め込んで、手頃な鎖に取り付けてもらったものである。ロザリオにも、大玉の代わりに、彼女と同じような翡翠の小さな円盤を入れておいた。

翡翠と金の組み合わせは、東洋と西洋を象徴しているようで、我ながらいい考えだと思う。司祭が見たら眉を顰めるかもしれないが、神様は気にせずに、彼女にも祝福を与えてくれるだろう。『私が来たのは正しい人のためではなく罪人のためである』

ペンダントを掛ける時に、首筋に手が触れると、彼女がびくっと身を震わせた。

そして「まずはランチにしましょう」と甘い声で言った。


部屋には、小さなテーブルと椅子が二つ、座れば腰から下には陽が当たるが、テーブルそのものは日陰になる絶妙な配置である。

「中華料理がお好きだといいのですけど」と言って、奥の部屋から彼女自身が運んできた盆には、三皿の前菜が載っている。

一皿は何かの肉なのは分かるが、他の二皿は見たことのない代物だ。その表情を見た彼女は、半透明の細切れを指して「これはクラゲよ」、ミルフィーユのように層になった薄黄色のものを指して「豆腐皮(湯葉)」、肉を指して「牛肉」と説明した。

クラゲが食べられるとは知らなかった。

「君が作ったのかい?」

「いいえ、料理人に作っておいてもらったのよ」

そういえば、給仕も居ないのは、二人きりで食事をするために違いない。

中華では料理を会食者全員でシェアするとは知っていたが、それぞれに皿が出るフランスの感覚からすると、こうして二人きりで小さな皿から一緒に食べるというのは、親密を越して猥褻にすら思える。

その気分は、箸で何度持ち上げようとしても滑り落ちる半透明のキュルキュルした物体のおかげで台なしになった。

彼女は笑って、その切片を箸でつまみ、エリックの口に運んだ。

これはもうなんともエロティックだ。

「すごく嬉しいんだけど、ぜんぶこうやって君に食べさせてもらうわけにはいかないね」

酸味・甘味・塩辛さが混じった味つけの、固いゼリーのような不思議な歯ごたえをかみしめながら言うと、また彼女は笑って、フォークとスプーンを出してきた。

「こういう風によく人を招待するのかい?」

「ほとんどないわ」

「実のところ、貴方は私を、一日買ったことになっているのよ」

耳を疑った。

あの金塊は、そういう意味だったのか。

デートはできないが、買えるのか。不思議な国だ。

「ええと、その、君のご亭主は問題ないのかい？」

「金次第よ」

そういえば、あのくらいの金塊の価値はいかほどだろうか。大金なのは間違いない。エリックの給料の数か月分ではきかないだろう。

いろいろな思念で頭がいっぱいになっているエリックに追い打ちをかけるように、彼女は言う。

「大昔の中国で、家に来た貴賓をもてなすのに何も食材がなくて、奥さんを料理して出した、という話があるのよ。そしてこれは美談なのよ、当時の人にとっては」

「それは……怖いね」

「野蛮よね。食欲がなくなるような話でごめんなさい。でも、中国での女性の扱いはそんなものよ」そう言ってメアリーは、片手を頬に添えた。

「ところで、ここにいらっしゃるというのは、そういう想定なのだけど、すべてご賞味されます？」

と言って、エリックの背後に目をやる。

後ろを振り返ると、そちらにも続きの間があり、木製の低くて屋根のついた中華風の寝台に、真っ赤な寝具がちらりと見える。

頭に血が上った。

「これまでにもこういうことがあったのかな」と思わず聞いてしまう。

「貴方だけよ」

「自分の意志ではね」と付け足す。

その後も幾皿かの料理が供されたが、期待に満ちた沈黙の中で二人は早々に食事を終えた。

寝室に移動し、彼女が入り口の木扉を閉めると、小さな部屋は薄闇の中に沈んだ。

*

虹口、川口喫茶店。

日本では、モボ・モガのデートスポットとして流行している喫茶店は、ここ上海では少し違う使われ方をしていた。

狭い店の奥のカウンターから店主の川口が見守る中、三人の男が小さなテーブルを囲んで中国語の熱い議論を交わし、それを数人の男女が取り巻いている。その中に侖もいた。中心にいる三人のような学問も主張もない侖は、いつも聞いているだけである。

「やっぱり北方の気候が合わなかったんじゃないか?」小学者然とした小洪が、隣の自称詩人の阿戴をちらりと見ながら言う。

「肝臓癌だそうだよ。寒さと乾燥で、癌にはならねえよ」無精髭をわざと伸ばした阿戴が、北京っ子らしい巻き舌で返した。

「中山先生亡き後、誰が民国をまとめていくのか」ここ一か月、問われつくされた問いだが、年配の老趙が言うとなんとなく重みがある。中山先生とは、三月に北京で客死した孫文である。袁世凱の死後、各地の軍閥が勢力争いを繰り広げる内戦状態の中で、誰もが認める唯一の全国級指導者であった。

「やっぱり蒋将軍かね。義弟だしね」阿戴が言うと、すかさず小洪が「あれはヤクザだし、共産主義を理解しないからダメだ」と言った。小洪は共産党員である。

「そんなことを言ったらみんなヤクザだよ。兵隊をまとめているのが軍閥、運送人夫をまとめているのが青幇、港湾人夫をまとめているのが斧頭幇。食い扶持を自分で稼いでいるだけ、黒幇の方が軍閥よりマシかもしれねえな」と阿戴。

「そいつらを介して、中国人に鴉片を売ってぼろ儲けしているのが英国人だがな」と苦々しく言う老趙は、元は清朝の小役人であった。

「日本人には、そういう美味しい商売がないから、頑張って工場で工員を酷使しなきゃならねえわけだな。そんで、工員をまとめているのが共産党ってわけだ。みんな差不多（似たようなもの）じゃねえか」

「共産党は違うよ、黒くないもの」と小洪。

「わかってるよ、紅いんだろ?」と阿戴が言うと一同、店主の川口も含めて爆笑し、他に一人だけ窓際に座って日本語の現地新聞を広げている中年の男性客もちらりと顔を上げた。

「小兪、そろそろ共産党に入らないか。工場での評判も大変良いと聞いているよ」まだ笑いが頬に残る兪に、小洪から声が掛かる。

「洪先生、いや私なんかは……」と兪は言うが、まんざらでもなさそうだ。

「日本人も狡い。同じアジア人同士で手を携えて、とか言いながら、中国人を食い物にして自国の利益を図っているのは、欧米の列強と同じではないか」老趙は、空気が読めないのか、それとも兪に助け舟を出したつもりなのか。

「なんていうかな、日本人には、中国人に真摯に向き合ってくれる人が多いとは思うよ。欧米人に比べるとね」小洪は、東京に何年か留学していたので日本に対して好意的である。その一方で、日系工場におけるストライキを指導しているあたり、単純ではない。

「歴史的にアジアの盟主は中国だ。明代の皇帝から日本の将軍は冊封を受けてきた。今の日本は、まるで自分が兄だといわんばかりのふるまいではないか」と老趙。

「それはまあ、中国がだらしねえんだからしょうがねえよ。それが反面教師として、ちゃんと弟への教訓になっているんだから、兄としての務めは果たしているんじゃねえか」と阿戴。何人かから失笑が漏れる。

「李大人（李鴻章）の改革は、なんでうまくいかんかったんじゃろうか」老趙が遠い目をする。

「国が大きくて人も多い。近代化にしろ統一政府にしろ、時間がかかるのはしょうがねえよ」

窓際の日本人が突然、訛りのある中国語で口を挟んだ。

「そんな悠長なことを言っているからダメなんだ」一同が驚いて注目する。

「日本人には、滅私奉公、自分のためではなくてお国のためだと、そういう意識で頑張る者が少なくない。中国人には、なぜそういう者がほとんどおらんのか」

「白井中佐、今日は珍しくご参加ですな」と老趙だけは驚かずに返す。

店主の川口も、白井が近所のアパートの大家を隠れ蓑にした特務だというのは知っていたが、階級までは知らなかった。とすると、老趙もその筋だろうか。

「だから共産主義ですよ。共産主義の理想を理解すれば、みな滅私奉公で頑張れるはずです」と小洪。

「それはどうかねぇ、最近赤ロシアの活動家がうろちょろしているが、どうにも高邁な理念で頑張っているように見えないんだがね」と阿戴が言うのを無視して、小洪は続ける。「日本は優秀だから、共産主義が歴史発展の必然であると早晩気づいて、共産主義国家になりますよ。ねえ白井先生？」

白井は複雑な顔をして、新聞に顔を落とす。

「不要客気！（遠慮なさらずに）」

また起こった小さな笑いの渦を背に、兪は店を出た。

*

夢のような時間の後には、苦痛が待っていた。

愉しい枕語りと、言葉のない親密な時間を繰り返し、ランチの残りを軽食にして、深夜になってようやく帰るその際に、「エリック、分かってくれると思うけど、こんな風に逢うことはもうできないわ」と言ったのは、冗談ではないどころか、控えめな表現だったらしい。

次に店に行った際のメアリーは、まるで何事もなかったかのようによそよそしく、その後は、店の入り口で、詰襟の黒服に身を包む店員たちに、慇懃にだが断固として阻まれて、奥に入らせてもらえなかった。

エリックは、悲しくなるよりも先に、そこまでするか、と驚いた。持参した小さな花束がまずかったのだろうか。

ジャンに相談すると、「後腐れなく遊べたんなら最高じゃないか。やるな色男！」と言う。

そんな風に割り切れれば、どんなに簡単か。

エリックのこれまでの見聞によると、恋の駆け引きは、男性が女性の気を惹く努力で始まり、身体を許した後は微妙にバランスが変わって、女性が男性の興味を引き留める、またはさらなるコミットをさせようと努力する場合が多いはずだった。それどころか、好きになった男に身も心も委ねてしまう女も少なくない。

今にして思えば、あの日ですら、メアリーにはそういう溺れた感じがなかった。東洋の女性は、外見は細くてか弱いように見えるが、芯は勁いのか。

世間には、魅力的な女性を次々と口説く男もいる。その逆なのか。余所から来たばかりの初心な男を、興味本位で試食しただけなのか。そんな疑念すら頭をよぎる。

いや、彼女との間の感情は、相互にもっと深いものだったと思う。やはり、彼女の所属する組織の事情が許さないのだろう。

それにしても、会うこともできないのが切ない。

もしまた金塊を持参したら、逢えるのだろうか。

悶々としながら、駐在武官補佐官としての日々の勤務を続ける傍ら、楊夫人について調べずにはいられなかった。

普段は、フランス租界の主要街路の一つであるAvenue Petain（衡山路）沿いの屋敷に、他の夫人たちと共に住んでいるが、彼女の亭主の郭某は、ブルドッグのような顔をした醜男らしい。所属する黒幇の中でも金にがめつく、酒場や賭博場の運営、高利貸しや債権取り立てなどを手掛けており、対抗する黒幇の頭目を、めった斬りにして大通りに晒したことがあるそうだ。

迷った末に、手紙を書くことにした。

はっきり言って柄ではないし、達筆とは言い難い上に、英語で書くとなると躊躇われるが、他にいい方法も思いつかない。

親愛なるメアリー
初めて会った時の君は、私にとって、東洋の神秘でした。

こんなに美しいものが、人の形で存在するというのが、信じられませんでした。

どうしようもなく一目惚れしました。

今の君は、私にとって、宇宙の謎です。

この気持ちを感じているのが、私だけだとは、信じられません。

会いたくて仕方がありません。

君のように、クリエイティブな方法は思いつかないけれど、君と一緒になれるならどんなリスクも冒します。

どうか、君も私のことを想っているかどうかだけ教えてください。

愛しています。

エリック

これを彼女の旦那の屋敷に送るのは、やはりまずかろう。ジャンに店に持って行ってもらおう。

「いろいろと申し訳ないんだが、この手紙を彼女に届けてくれないか。この借りはいずれ返すから」

「ノンノン、友人が主役の恋愛ドラマが、リアルかつ無料でみられてるんだぜ。こっちが感謝したいくらいだよ」ジャンはウインクをして言った。

しかし、帰って来たジャンが言うには「ちゃんと渡したぜ。けど、嬉しそうとか悲しそうとか、そういう反応はなかったな、残念ながら」とのことであった。

三日後の夕方、待ち焦がれた返信が来た。

官舎にそれを持参した小柄な中国人女性は、若く可憐で、手紙を渡した後、聞かれもしないのに「私は葉です」などと自己紹介をしてもじもじしている。

エリックは、ただ早く返事の中身が読みたくて、「ありがとう！」と言って背を向けた。

いつかメモで見たのと同じ、流麗な筆記体を見ただけで、動悸が早くなる。

親愛なるエリック

先日の日曜日は本当にありがとう。

あの日は、私の人生の中で、記憶の宝石としてずっと残るでしょう。

実のところ、私も貴方のことを考えてばかりいます。だからこそ私たちは会えません。

貴方が私の居るところに来ることはできません。ここでは物事が悪く宿命づけられています。

私も貴方を愛しています。だからお願いですから、もう私に会いに来たり連絡したりしないでください、もし私を愛しているなら。

上海にはより安全な美人が大勢いるはずです。

あなたのメアリー

まず、ほっとした温かさが全身を包んだ。自分だけが勝手にのぼせていたわけではない。この想いは、彼女と自分との間に確かに存在している。

そしてすぐに、別れの言葉が心に刺さった。もう本当に会うつもりがないのだ。

命の危険を暗示した上で、愛しているなら会うなとくる。これでは、勇者も臆病者も、引き下がるしかない。

なんと率直で、かつ狡いのだろうか。

メアリーの言うように、彼女のことは諦めるべきなのか、と考えてふと気付く。

この手紙を届けてくれた女性は、彼にさえその気があればどうとでもなるように、言い含められて来ていたに違いない。まがりなりにも好意を持っているはずの男性に女をあてがうなどというのは異常だが、ここ上海では高潔な配慮のようにも思える。

確かに可愛かったかな、よく覚えていないなりに脳裏に描いて、思わず苦笑する。

美人とみれば心が動くのは男の性だが、それで彼女を忘れられるだろうか。

いや、やはりメアリーは、自分にとって特別な女性だと思える。

お互いに想い、同じ街に居ながら、会うこともできない。

その切なさに胸が締め付けられ、手紙の文字がぼやけて見えた。

＊

その日は、工場の敷地に入る前から、ざわめきが聞こえてきた。

来るべきものが来たか、小川は覚悟を決めた。

最近、待遇改善を求める工員の要求運動が激しさを増していたところ、数日前とある日系の紡績工場で、経営者が拳銃を出し、交渉相手の工員指導者を射殺してしまったのだ。

それ以来、ストライキが各工場に広がっていた。

門をくぐると、ざわめきは怒号に変わった。

生産棟に駆けつけてみると、ほとんどの工員が中央に集まっており、その中では、工長の杉本が何人かの男に殴られていた。額から血が流れている。

小川が近づくと、それに気づいた工員たちは、これまでのように散るでもなく、陰気な目で小川を見た。口を開いた小川が何を言う間もなく、誰かが「打倒悪覇廠主」（抑圧する工場経営者を打倒せよ）と叫び、数人の工員が小川を引きずって杉本の隣に立たせた。

これまでとは打って変わった工員たちの態度への驚きと屈辱で、顔に脂汗が滲み、暴力の予感に、冷えた感触が下腹に広がる。

今にも殴られるか、と思ったその時、甲高い声が割って入った。

「他是我們的老師、打不得！」（彼は我々の先生だ、殴ってはならない！）

兪であった。

誰かがぼそっと言う。「党員都説了、就算了」（党員が言うなら仕方ねえな）

そうか、兪は共産党に入ったのか。

兪は、これまでの彼が見せたことのない指導者然とした姿勢で、「関与待遇提高要求、通過総工会与廠主交渉」（待遇改善の要求は総工会を通じて経営者と交渉する）、と顔は小川を向いていたが、工員たちに言った。

続けて小声で「小川さん、今日はもう帰ってください」という兪に、小川はうなずくしかなかった。

兪はまた、「把杉本也放了吧」（杉本も放してやれ）と言って、杉本を解放した。

足を引きずる杉本を連れ、事務棟に赴いて、フランス租界にある社主の邸宅に電話を掛けて工場に来ないように告げ、日本人全員でまとまって工場からほど近い社宅に向かった。

街路には学生たちが撒くビラが散らばり、人々がそこここで集まって額を寄せ合っている。

必要最低限しか外に出ないでいる中でも、時おりデモ隊と思われる喧噪が聞こえてくる。

翌日の夕方、社主が社宅に来て、日本人社員の無事を確認すると共に、最新の情報を伝えた。

大馬路（南京東路）で大規模なデモが発生し、それに対して警官隊が発砲して、十数名が死亡、数十名が重体だという。デモの内容は、工場労働者の待遇改善を超えて、租界の回収、関税自主権・治外法権など不平等条約の撤廃などの外交問題にまで及んでいるらしい。

工部局が、緊急状態を宣言した。事実上の戒厳令である。

租界住人の志願者で構成される義勇軍が出動し、黄埔江に停泊中および近海から戻った英米伊等の軍艦から、続々と海兵が上陸して、大学などデモの拠点や、石油貯蔵庫などの要所を抑えた。

上海はどうなってしまうのだろうか、小川たちは暗澹たる気持ちで社宅での待機を続ける他なかった。

＊

共同租界に端を発した大ストライキに、フランス租界も無縁ではなく、店員が来ないのか品物が入らないためか、閉店する店が増えた。

街路には、「打倒帝国主義」といったポスターが貼られては、警官によって剥がされた。

軍人であるエリックにも、いつどのような指示が出されてもおかしくない。

非常事態の空気に、エリックの気持ちの何かが沸騰した。

彼女が心配だ、いや実際にはマフィアの幹部夫人に迫る危険などないのかもしれないが、何より彼女の傍に居たい。

いつものようにジャンに打ち明けると、ジャンは「Va où tu peux, meurs où tu dois」(行けるところまで行き、死ぬところで死ね)と言って出て行き、編み笠をかぶったベトナム人警邏一分隊を連れて戻ってきた。フランス租界に三百人近くいるベトナム人警邏は、捕房に所属しているが、実質的にフランス領事館の補助部隊としての役割を担っている。この状況下でそれを動員しても、言い訳はなんとでも立つだろう。

そのまま彼女の店に赴くと、幸いにもまだ夜の早い時間は営業していた。

店を守る強面の男たちも、十数名の警邏と軍人を敢えて止めはせず、メアリーも、付いてくるようにという要請を拒否はしなかった。

しかし、きびきびとした歩き方から、怒りが伝わってくる。

ジャンとベトナム人警邏たちを入り口に残し、つい二週間ほど前と同じように、同じ街灯の下で向き合う。

「何でこんなことするの」これまで聞いた例のない冷たい声に、焦りと会えた嬉しさで動悸が早くなる。

「君のことが心配で」

彼女は眉を寄せ、物の分からない子供に言い聞かすように言う。

「ただでは済まないわよ。外国人には手を出さないのが暗黙のルールだけど、本格的に緑帽子をかぶせられた（妻を寝取られた）、となったら彼のメンツがつぶれるわ」

エリックは彼女の瞳を見ていった。

「逃げよう」

「どこか遠いところで、一緒に暮らそう。そして君と僕に似た息子と娘を育てよう」

彼女の眼が見開かれ、心が動いたのが分かった。


エリックとメアリーは、そのまま夕闇の街に消えた。

そして数日たっても、ジャンの待つ官舎には戻らなかった。

どこかインドシナあたりにでも駆け落ちしたのだろうか。

そうであってほしい。

あんな風にマフィアの女を連れ出して、捕まれば無事ではいられまい。

殺されたのであれば、街路に放置されるか、黄浦江に浮かぶ可能性が高いが、ここ数日では綿花商だとかいう太った死体が一つ出たくらいで、フランス人士官は出てきていない。だが個人的な復讐としての要素が強ければ、生き埋めにされたということも有り得る。

止める機会は何度もあったが、止めるどころか、けし掛けたジャンにはかなりの責任がある。友人としても先任士官としても。

やはり、二人で手に手をとって、いつまでも幸せに暮らして欲しい。

上海を貫いて流れる黄埔江が、「く」の字に曲がったその突き当り、近年では北外灘と呼ばれているあたりの建物に登ると、黄埔江の東岸と西岸の両方を一望出来る。

東岸の「浦東」は、摩天楼群がニョキニョキと立ち生えて壮観だが、それらはすべて改革開放以降に建設されたもので、近年の中国の経済発展を象徴する景観となっている。

それとは対照的に、西岸に並ぶ、観光スポットとしても有名な「外灘」の歴史建築物群は、おおよそ一九二〇年代に揃ったもので、その当時、租界時代の繁栄を今に伝えている。

外灘を中心に広がっていた上海の共同租界は、どこの国の主権下にもない自治都市であり、どこの誰でもビザなしで滞在出来る自由空間であった（※1）。

その南に広がるフランス租界も含めて、多くの外国人が居住し、一九二〇年代には英・米・仏・日・露それぞれ万人単位、伊・西・葡・独が千人単位、当然ながら中国人はさらに多く、二百万人以上が住んでいたとされる。

ロシア革命後には、多くの白系ロシア人が流入し、時代が少し下ってからの話になるが、外交官、杉原千畝が救った数千人のユダヤ人避難民も、日本を経て、その大部分が上海の共同租界に来て生活した。

租界の自由、長江流域の豊富な物資が集積する地の利、安い労働力とくれば、商業・産業・金融が大発展するのは当然の成り行きで、ＨＳＢＣ銀行とＡＩＧ保険の創業の地は上海租界であると言えば、当時の繁栄の一端がうかがえるだろうか。

日本企業が建てた洋風建築も少なくなく、外灘の並びにも、日清汽船、台湾銀行、横浜正金銀行があり、少し西に入った四川路沿いには、三菱洋行や三井物産がオフィスビルを構えていた。

また、二十以上もの日系の紡績工場が経営されており、トヨタ自動車の母体となった豊田紡織も主力工場が上海にあって、その事務棟が今でも記念館として自主保存されている。豊田佐吉翁その人も一九二〇年代後半の数年間は、主にフランス租界の社宅に滞在していたようである。

東洋一の大都会、欧米の最新流行はまず上海に来て、そこから香港や東京に伝わる、と言われた当時の上海では、企業人や労働者ばかりでなく、外交官や軍人、さらには革命家、黒幇（マフィア）、スパイが跋扈していた。

臨時大総統を袁世凱に譲った孫文が一九一八年から宋慶齢夫人と居住していたし、一九二一年には中国共産党第一回大会が開かれ、一九二四年には半年弱であるが毛沢東が逗留した。

外国人には領事裁判権が適用されるが、清末・民国初期の混乱の中で租界の中国人に適用される法律はないも同然で、黒幇は賭博場運営、鴉片や武器の密売、人身売買、身代金誘拐、職業暗殺など、あらゆる闇ビジネスをほとんど制約されずに展開していた。この時期のフランス租界の中国人担当警察長官は、最も有名な黒幇の大親分本人だったくらいである（※2）。

ちなみに、都市名が英単語になっている例もそうそうないだろうが、Shanghaied と言えば、騙されたり酒や麻薬で意識不明にされて徴集されることで、アメリカの西海岸で、ゴールドラッシュ後の一八七〇〜九〇年代あたりに、主に上海行きの商船が人員確保のために行ったのが語源である。

その繁栄と犯罪、光と闇から「魔都」の別称を得た。

一九三〇年代に入ると、ファシズムの暗い影が世界を覆い、列強諸国・国民党・共産党の特務機関が上海で暗躍する。男装の麗人・東洋のマタハリと称された満州皇族の川島芳子が滞在したのがこの頃である。その友人、当時の上海で四大女優の一人と称され、「夜来香」を歌った李香蘭は、実は瀋陽生まれの日本人だった（※3）。

一九三二年に第一次上海事変が起き、一九三七年の第二次上海事変を契機に日中戦争に突入する。

元々日本人が多く住み、日本租界とも通称された共同租界の東区は日本が占拠するが、共同租界の中区・西区・フランス租界は、依然として自由都市の実質を保っていた。

一九四一年に太平洋戦争が勃発して日本が共同租界全域を占領し、一九四三年に英・米が国民政府と新条約を締結して治外法権を撤廃して租借地を返還し、続けて日本も返還して租界は終焉を迎える。

上海租界の歴史は百年に及ぶが、その黄金時代は一九二〇年代を中心とした約二十〜三十年間であり、意外と短い。

ところで、東洋にありながら近代国家へ変貌した日本を見聞した留学生から、孫文・蒋介石などの革命家が出たのはよく知られている。

その後、国民党の左派・共産党弾圧に際して、魯迅をはじめ社会主義的な思想家・活動家が、上海の日本租界で難を逃れた例も少なくなかったと言われる。また、日系の紡績業を筆頭に、上海租界で展開されていた剥き出しの資本主義が、本編で扱った五卅事件をはじめとする労働運動の高まり、さらには共産党の初期の基盤形成を促したと言われる。

良きにつけ悪しきにつけ、当時の日本、および上海租界における日本人が、近代中国の歴史に与えた影響は大きかった。

※1：鴉片戦争後の南京条約により、一八四三年に上海を含む五港が開港され、英・米・仏がそれぞれ上

海に租借地を持ったが、そのうち英米租界が政治的な事情により一八六三年に統合し、諸外国人に平等な条件を定めた土地章程（The Shanghai Land Regulations）を根拠として、いずれの国にも属さない自治都市である、上海国際共同租界（International settlement of Shanghai）、通称「共同租界」が誕生した。

共同租界の政府機関は、納税者の選挙による董事で構成される董事会（council）によって運営される工部局（Shanghai municipal council）であり、董事の互選による董事長（chairman）がその代表者であった。董事の定員は当初七名で、そのうちの三名を英国人、二名を米国人、一名を当初はドイツ人、一九一四年以降日本人が占めるのが通例であった。また、本編の五卅事件の影響もあり、一九二八年より中国人董事が三名加わる。

工部局は、一貫して英国人主導ではあるものの、各国の領事館や領事団とは独立しており、英国当局との折衝に工部局が苦慮するような場合もあった。その背景として、英国植民地全般でそうだったのかもしれないが、上海における英国人は、長年現地で定着して生活する傾向が強く、現地生まれの者も少なくなかったため、本国と必ずしも利害が一致しなかったことがある。

共同租界が商業・金融・産業で繁栄した一方で、フランス租界は、水道や公園など公共福祉を相対的に重視したため、高級住宅地が広がり、英米日の企業幹部もフランス租界に住む者が多かった。中国人に対してもより融和的で、「犬と中国人入るべからず」の共同租界に対して、フランス租界の公園は中国人に対しても開放されていた。また酒場・劇場・映画館、さらには鴉片館・妓楼・賭博場などもフランス租界に多く、取り締まりも総じて緩かったため、黒幇や革命家の活動基盤となっていた。

フランス租界と共同租界の往来にはなんの制約もなく、しかし警察組織は別という犯罪天国であった。両租界が相互に補完し、一体となって「魔都上海」が形成されていたと言える。

※2：中国の黒幇は、マフィアと訳されるが、元々は貧しい人夫などの相互互助的な秘密結社である幇で、その組織力で闇産業に参入したものが黒幇と呼ばれた。租界時代の上海で最も有名な黒幇が青幇で、三人の大親分がいた。その筆頭の黄金栄は、一貫してフランス租界の警官と黒幇の二足の草鞋を履き、裏社会から仕入れた知識やコネクションで刑事として活躍し、刑事としての立場を裏社会でのレバレッジとして、両方でトップに上り詰めた。その栄達は、彼女自身も女親分と呼ばれた妻、林桂生に支えられ、外では手を染めない悪事はないと言われたが、内では恐妻家で夫人を複数持つことはなかった。共産党との交渉により解放後の上海にも住み続け、いわゆる畳の上で死んだ。

義侠心に富んでいたとして人気の高いのが、杜月笙である。他の親分衆に比して慎重・温和で、フランス租界公董局の公董も務め、フランス租界の屋敷に五人の夫人と共に住んだ。一九二七年四一二政変に際して、蒋介石に協力して共産党員や労働運動家を生き埋めにするなどして粛清した一方で、抗日に際しては飛行機二機を国民党に寄付したり、所有する船十数隻を長江に沈めて日本海軍の遡行を阻止して貢献した。解放に際して香港に移住し、死期を悟った際には貸金の証書をすべて燃やした、といった逸話がある。

もう一人の大親分、張嘯林は武闘派で、日本軍に積極的に協力して、抗日勢力に暗殺された。

※3：本名山口淑子、一九二〇〜二〇一四年。瀋陽で生まれ育ち、中国語に不自由しなかった。上海で歌手・映画スターとして人気を博したのち、日満友好・大東亜共栄圏の称揚映画に盛んに出演し、戦後、漢奸・売国芸能人として処刑されそうになるが、日本人であると発覚すると、それなら仕方がない、ということで放免・送還された。有名人であったからかもしれないが、当時の共産党政権には、ある種のゆとりがあったような印象も受ける話ではある。帰国後は結婚し、参議院議員も務めた。

万博編

①

「カンパーイ」

「着任おめでとう」

「ありがとうございます」

店内を見回しても、普通の飲み屋にしか見えない。

しかし、店員同士が交わす会話はみな中国語で、メニューは日本語と中国語の併記になっている。そして窓の外を覗けば、街の様子が明らかに日本とは違う。

昼間は四十度近くまで気温が上がった街路は、夜の帳が降りてすら、埃っぽく見える。そこを、ヘルメットをかぶっていない乗り手がほとんどのたくさんの小型バイクと、けたたましくクラクションを鳴らす車が、左側通行で行きかっている。


「いやあ、上海は近いですね」

「そやろ、関空からやと、二時間半や。映画みるとな、ちょうど一番のクライマックスってとこで、ぶちっと切れんねん」姫路工場から来ている小太りの酒井が、鶏の唐揚げを頬張りながら言う。

周りには、同じような駐在者らしい日本人客が多いが、中国人客もちらほらいる。隣のテーブルは、派手な化粧の中国人の女の子と年配の日本人、いわゆる水商売の同伴だろう。

「けどあれ、あわちゃんが来たときは、もう羽田―虹橋便ってあったか？」

「いえ、私が二〇〇六年の十月に来て、その一年後くらいでしたね。成田―浦東に比べると、楽になりました」もう三年弱駐在している粟野が言う。

この二人が、新しい職場での同僚である。

自分で言うのもなんだが、東京の名門私立大学から、サークルの先輩に誘われるままに就職したこの中堅のメーカーで、いわゆるエリートコースを歩んでいる。入社研修の後はずっと本社経理で勤務し、二年前に管理会計課長に登用され、海外工場への出向は、都落ちだと思う人もいるかもしれないが、昨今の人事制度では、海外駐在経験が、幹部候補の必須要件だと聞いているから、気にならない。急遽決まったこの駐在を、むしろ楽しみにして、先ほど上海に着いたばかりだ。


「今日は、谷口っちゃんの歓迎会やな」会って初日に、谷口っちゃんと来た。馴れ馴れしい。酒井は、年次は少し上だから、四十五歳前後のはずだが、これまで面識がなかった。

「カラオケ行く？　それともサウナ？」

サウナで歓迎会？

「サウナってのは、日本で言うところの、ソープですよ」怪訝な表情を察したのだろう、粟野が声をいくぶんひそめて説明してくれる。

「谷口っちゃんも、お好きでっか。こないだ行ったとこの女の子、めっちゃ良かったで。十八歳言うてたわ」

「いや、今日はカラオケにしておきましょうよ。月末だから、来い来いって」と言って携帯を振る粟野は、以前、宇都宮工場の管理に居たので、何度か一緒に仕事をした経験がある。

「せやな、まずは基本からやな」

「カラオケは、キャバクラみたいなもんです」粟野がまた解説してくれる。

今朝早く、羽田空港まで送ってくれた、妻の顔が脳裏に浮かぶ。

「いやあ、着いたばかりですし」

「ええやないの、家族が来るまでくらい、羽伸ばさんと」そして、押しつけがましい。

「谷口さん、管理部長なんだから、本社のお偉いさんが来たら、連れていかなきゃならないでしょう。これも勉強ですよ」と粟野。痛い所を突いてくる。そう言われると、サラリーマンは断れない。ちなみに、酒井は製造部長、粟野は生産管理部長である。

来て早々、気取っている、と思われたくはない。

仕方なく頷くと、酒井と粟野は、なにやら携帯をポチポチやりながら、気もそぞろに料理を掻き込んだ。


タクシーを捕まえ、酒井が中国語で行き先を伝えると、運転手ががなり立てるように返事をし、酒井が辟易した顔で、もういちどゆっくりと繰り返す。中国語が通じなかったらしい。今度は、分かったのかどうなのか、返事もなく発車する。サービスが悪いなどというレベルではない。

「態度悪いですね」と小声で言うと、「どこでもこんなもんや、慣れるしかない」と酒井。


十分ほどで、明かりが一つも灯っていない低層ビルの下に着いた。黒い細身のネクタイをした男が入り口にいて、店の名前らしいネオンが薄く光っている他は、全く歓楽街らしいところがない。

しかし、エレベーターに乗り込み、ドアが開くと、シャンデリアにまばゆく照らされた、鏡張りに金色の内装が目に飛び込んできた。そして、大勢のチャイナドレスの女の子たちが、大理石風に張られた床の上にずらりと並んでいる。百人は優に超えるだろう。これは、日本ではまず見られない光景だ。

黒ネクタイのマネジャーが、「いらっしゃい、選ぶか?」と、訛りのある日本語で聞いてくる。

酒井と粟野は首を横に振るが、目は女の子たちの列を追っている。

「谷口っちゃん、女の子選んで来て。この選ぶのが、楽しいんや」と酒井が言う。

マネジャーに付いて列を進むと、女の子たちが笑顔を向け、手を振る者もいる。みな若い。日本に居そうな顔つきの子もいれば、やはり中国人だな、と思わせる子もいる。

マネジャーが「日本語できる子」と声を掛けると、ほとんど全員が一斉に手を挙げる。

渋々来てみたが、これだけたくさんの着飾った女の子にアピールされて、気分が高揚しない男もなかなかいないだろう。

隅で遠慮がちに手を挙げている、目が大きく、顔の丸い子を指さす。

「そういう子が、好みなんや」と酒井。


小部屋に通され、言われるままに部屋の三方のソファーに分かれて腰を下ろすと、選んだ女の子が隣に座る。

すぐに、「酒井さん、こんばんは〜!」と明るい声をあげて、ショートカットを金髪に染めた子が入って来た。酒井の隣に行き、「今日も来てくれてありがと〜」と手を握っている。つづけて、洗練された感じの細身の美人が入ってきて、粟野に寄り添った。それぞれ携帯をいじっていたのは、この子たちに連絡をしていたのだろう。

ウイスキーのボトル、果物とスナック菓子、グラスと氷桶の乗ったトレイが運ばれて来て、女の子三人が酒を作る。

「水割り?」と聞かれるので、頷く。

グラスが用意されると、金髪が「カンパーイ」と音頭を取った。六人でグラスをあわせた後は、それぞれ二人ずつで話し込む。同僚三人で来て、女の子とだけ話しているのも奇妙な感じがするが、そういうものらしい。

「私は、エイコです」

「谷口です、よろしくね」

「出張ですか?」

「いや駐在。今日が初日なんだ」

「ごめん、分からない」と言って、小さなノートパッドとペンを取り出す。ホールでは手を挙げたものの、それほど日本語がうまいわけではないようだ。

「書いて」と言われるので、「今日が初日」、と書くと、エイコは頷いて、「今日、日本から来た?」と聞く。

「そうだよ」

「日本、いつ帰る?」

「当分は帰らないよ」

「良かった」後から聞いた話だが、こういう店のシステムでは、常連客が落とした金額で、成績が決まる。一度きりしか来ない出張者よりも、通ってくれる可能性のある駐在員が喜ばれるのだ。

「どこから来た?」

「ええと、東京かな」実家は太平洋が見える静岡の田舎街だが、大学からこのかた二十年は東京にいるから、それでいいだろう。

「エイコは？」

「アンホゥイ」

「それどこ」

エイコが、ノートパッドに「安徽」と書く。どこにあるかはよく分からないが、それが中国の省の一つだとは知っている。

顔をあげると、粟野が女の子の手を握って、鼻の下を伸ばしている。実直そうな印象からは少々意外だが、女の前では多かれ少なかれ、みんなそんなものだろう。

太腿に手を伸ばして、叩かれている。

粟野の攻勢から逃れるためだろうか、細身が「みんなでゲームをやりましょう」と言い、サイコロがたくさん入ったカップを人数分出してきた。

「これやると、ボトル空くんやけどな」と酒井がぼやく。

負けたら飲む、を繰り返していると、無茶な数ばかりを言い、負けの込んできた金髪が「もう飲めない。歌おう〜」と言って、カラオケシステムを操作した。大音量で、少し前の日本のポップソングを歌い上げる。歌になると、イントネーションが不要になるからか、訛りがあまり目立たない。

続いて酒井が歌い、粟野も歌う。エイコが「何か入れるか？」、と聞くので、仕方なく一曲歌うと、「うまいね」といって拍手をしてくれる。お世辞でも、悪い気はしない。

アップテンポの曲がかかり、金髪が踊りだす。酒井も立ち上がり、粟野と細身もそれに続く。エイコが「私たちも」と言って手を引くので、立ち上がる。

酔いも手伝って、適当に身体を揺すっているだけで楽しい。

続けて、バラードが流れた。金髪と酒井が抱き合っているので、他の二組もそれに倣う。密着したエイコの身体が柔らかい。粟野が嬉しそうに細身の腰に手を回している。

「今日はどうなん」酒井が聞くと、「いいよ～」と金髪。

粟野も細身の耳元にささやいているが、細身はかぶりを振っている。

「ほな、明日もあるしそろそろ終わりにしよか」

時計を見ると、確かにもう午後十一時を回っている。

「携帯の番号、いいですか？」とエイコ。

「ごめんまだ携帯もらってないんだ」と言うと、ノートパッドに番号を書いたページを破いて渡してきた。

「携帯買ったら、連絡して」と言う。

それぞれチップを渡し、ボトル代などを割り勘で払う。トータルで一人八百人民元ちょっと、一万四千円くらいだ。時間で金額が変わらないので、長時間遊ぶとお得感がある。

金髪が私服に着替えてきて、酒井と腕を組んだ。

そういうことか。

地階におりて、タクシーを二台止める。四人で一台はさすがに狭いので、粟野がホテルまで送ってくれると言う。いちゃついている二人と同じ車に乗りたくない、というのもあるのだろう。

タクシーの中で、粟野がぼやいた。

「あーあ、彼女なかなかＯＫしてくれないんだよな」酒井も粟野も、単身赴任だ。日本に家族がいるはずだが、こちらでは好き勝手にやっているらしい。だが、ここにはそうさせる何かがあるのも分かる気がする。発展途上のエネルギーと、日本にはない緩さといったところだろうか。

「酒井さんの女の子、明るいのがいいね」

「あの子、子供がいるらしいよ。だから、頑張って稼がなきゃならないって」

「へえ、若く見えるのにな」

エイコはどうなのだろうか。

言葉はあまり通じなかったが、それなりに一生懸命気遣ってくれて、素人っぽいところが新鮮だった。

酒井と栗野は、自分たちが遊びたかっただけだろうが、おかげで緊張が解けた気がする。

②

翌朝は、仮住まいのホテルから、徒歩で数分の、他の駐在員が住んでいるサービスアパートメントに向かう。四人全員で、一台のワゴン車に乗り合わせて、郊外の工場に出勤するのだ。

酒井と栗野は、既に敷地の入り口に立っており、「おはようございます」と声を掛けると、酒井が笑顔で「よう、直ちゃん」と応えた。直ちゃん、になってしまったらしい。しかし、一緒に飲んで歌って踊ると、距離がかなり縮まるのも確かだ。

早朝でも結構な暑さになるので、冷房の効いた車に乗って待っていると、集合時間ぴったりに総経理の小野が出て来た。

「おお谷口君、昨日は夕食に参加でぎんで、ごめんね」

灰色の髪の紳士的な風貌と、栃木訛りの組み合わせに好感が持てるが、製造畑では本社でも発言力のある一人だ。出張で本社経理部に相談に来ることもたびたびあり、面識があった。

総経理が運転手の後ろに乗り込み、渋滞しなければ小一時間の、郊外の工場に向かう。

「宮本君には、可哀そうなごとしたな」

「いえいえ、こちらこそ管理が迷惑を掛けて、すみません」

宮本というのは、本社財務部から駐在していた前任者だ。上海の水が合わなかったのか、体調不良が続き、赴任して二年も経たないうちにギブアップしてしまった。その穴埋めで急遽、谷口の赴任が決まったのだ。

「前任者不在でちょっと大変かもしれんが、ローカルの課長が割かししっかりしてるがら、彼らと一緒に宜しく頼むよ」

酒井と粟野は、後ろでこっくりこっくり船を漕いでいる。


栄日工業（上海）有限公司、と漢字で社名が掲げられた門を抜けると、中国の国旗と、会社の旗が掲揚されている。

「日本の国旗を出している工場もあるようですが、うちはないんですね」と聞くと、総経理が「だいぶ前に、反日デモがあった時に外して、戻さんかったらしいよ。うちはほら、社名に日が入ってるから、これ以上強調すっと、よぐねえから」と言う。

建屋に入ると、大工場らしく広いが、簡素な雰囲気の玄関ホールがあり、ロゴと社名、それから「開発区政府寄贈」と記入された、大きな刺繍絵が掲げられている。

製造現場からだろう、装置の稼働する音が微かに聞こえてきて、工場での勤務に就いたという実感が湧く。

その先の両開きのドアを抜けると、大きく開けた日本式のオフィスに、たくさんのデスクが並んでいる。

「管理部長はそごね。後で紹介すっから」と総経理が指さした、窓際に沿って三つある大きなデスクのうち、一番奥に座る。目の前には、十数席の島があり、天井から「管理部」と書かれたプラスチックのプレートが下がっている。

来た時には、ほとんど空席だったデスクが、どんどん埋まっていく。管理部の島に来た者は、新任の部長に気づいて会釈をする者もいれば、ちらりと見ただけで淡々としている者もいる。

八時半になると、学校のようなチャイムが鳴り、みなが一斉に起立した。

小野が、一番奥にある総経理室から出てきて、窓際に立つ。

「おはようございます」と言う総経理に、みなが「おはようございます」と唱和する。

酒井の大きな声の他は、中国語訛りで、中には気だるげな者も居るが、元気な若い声が多い。挨拶から受ける印象では、職場の士気は高いようだ。

「今日は、管理部長の谷口君が新たに着任してくれました」と言って言葉を切ると、すかさず、生産管理部の島にいる若い女性が、中国語に翻訳した。

頭を下げる。

「谷口君は、本社では管理会計を担当していて、予算でいつもいじめられましたが、上海工場に来てくれたからには、心強い味方です」

日本語の分かる者だろう、小さな笑いが起き、中国語の後にまた笑いが湧く。

「谷口君、ひとことお願いします」

しまった、何か気の利いた挨拶を考えておけばよかったが、もう遅い。

「谷口です、工場勤務は初めてで、慣れないこともいろいろあるかと思いますが、宜しくお願いします」と無難に言って、再度頭を下げる。

中国語の後、総経理が一呼吸待って言った。
「それでは今日も、安全第一、宜しくお願いします」
「安全第一、宜しくお願いします」また全員が唱和する。

がさがさと音を立ててみなが着席すると、総経理が管理部の島に来た。
「人事総務課長のハオ君、財務課長のリンさん、それから、チューさん、ミャオさん、マーくん……」と十人全員の名字だけ紹介して、総経理室に引き上げて行った。総経理は、百人近いオフィス勤務者の名前を、すべて憶えているのだろうか。

部下が十人というのは、このオフィスの中では少ないが、本社ではせいぜい二、三人だったので、ずいぶんと増えた気がする。ところが、聞いてみると、警備、食堂、清掃の外注業者から派遣されてくる数十人も、管理部の管轄だと言う。

リン（林）財務課長は三十代の前半くらい、小柄で目が細く、他の女性スタッフと同様に、化粧っ気が全然ないが、日本語はそこそこ出来る。

会計についてはそれなりに自信があるが、資金や税務、それも中国のとなると、おぼつかない。人事総務に至っては、全くもって初めて担当する。二人の課長をはじめ、ローカルのスタッフが頼りである。

だが、黒縁の古風な眼鏡をかけたハオ（郝）人事総務課長は、日本語があまりできないらしく、しょっちゅう財務課長や他のスタッフに助けを求めている。その間の中国語のやりとりは、当然ながらこちらにはさっぱりわからない。

これは、多少なりとも中国語を覚えた方が良さそうだ。なにより、理解できない会話を、ぼーっと聞いているのは退屈である。

昼休みになると、粟野が食堂に案内してくれた。

既にできている長蛇の列に並び、トレイと箸をとって、いろいろと用意されている中華料理から、指さしで選んで盛ってもらう。米飯とスープを載せて、粟野に付いて、一番奥の隅に座る。そこが、日本人の席だと、暗黙のうちに決まっているらしい。机の上に、ふりかけのボトルが置いてある。

料理に口を付けてみると、少し味が濃い気もするが、それなりに食べられる。どのくらいのコストがかかっているのだろう。考えてみると、これも担当の内だ。あとでハオ課長に聞いてみよう。

総経理と酒井も合流し、なにやら話し込んでいる。一般産業ラインの生産装置がトラブっているらしい。

上海工場は、とある機械部品を生産しているが、自動車業界向けの製造ラインと、それ以外の一般産業向けラインとがある。姫路がマザー工場の自動車業界向けは、薄利多売の大量生産である一方で、宇都宮がマザー工場の一般産業向けは、多品種少量生産で、頻繁に立ち上げがある。

時々中国語の単語が混じる二人の会話が途切れたところで聞いてみる。

「やっぱり、みんな中国語出来るんですか？」

「いやあ、この中では私が一番長いけど、朝通訳やってたあの子に頼りっきりで、全然うまくならないです」

と粟野。

「私もそう、秘書の子がおるがらダメだねえ。酒井さんが一番出来るんじゃないかな」と総経理。

「いや、たいしたことないですわ。直ちゃん、いざとなったら筆談や。カラオケと同じ要領やね」

「筆談でずっと仕事ってわけにもね。中国語、勉強しようかな」

「ああ、それなら中国語の先生を紹介しますよ。宮本君が、とてもいい先生だって褒めてた」と粟野。

午後も引き続き、二人の課長やスタッフにあれこれ聞いていたら、早くも書類が回付されてきた。『禀议书、关于固定资产的采购……、为了避免干扰检查设备……』。簡体字は見慣れないが、おぼろげに意味が分かる。生産管理部資材課が起案した稟議書で、購買課長と生産管理部長、製造部長のサインが既にあり、管理部長と総経理の欄が空いている。栄翰貿易（上海）有限公司という会社が発行した見積書が一枚添付されており、製造現場で使う遮蔽用のボードらしいが、詳しい内容は分からなければ、値段が妥当なのかも分からない。

金額は約三万元、およそ五十万円で、大した金額ではないが、稟議規程によると、二千元以上で耐用年数が一年以上の物は、固定資産になるらしい。そのような少額でこういう書類が回ってくるのであれば、かなりの頻度になるだろう。それをいちいちきちんと追及していたら、キリがない。

「林さん、こういうの、宮本君が帰国してから、どうしてたの？」

「総経理が、管理部長のところにもサインしてました」

なるほど。管理部長が不在であれば、上司である総経理がサインするのは当然だろうが、なんとなく不健全な気がする。製造系の部門とは独立して検討するのでなければ、そもそも管理に回付される意味がない。

などとあれこれ考えていた時、遠く入り口に近い島で、大きな声が上がった。

「手え抜いたらあかんて、何度も言うてるやろ！」酒井が怒鳴って、机をたたいている音の他は、オフィス中が静まりかえっている。

平然と仕事を続けている者も居るが、そちらの方を見ている者も居る。

「こういうの、よくあるの？」と林課長に聞くと、「そうですね、時々ありますね」と顔をしかめて言った。

今どき、日本でもああいうスタイルは流行らないが、反日感情もある中国で、大丈夫なのだろうか。一歩間違えば、労務問題になりかねないと思えば、管理に無関係とも言えない。


工場の管理は、グループ全体を対象とする本社の仕事からすると、スケールはずいぶんと小さいが、様々な部門の業務が、全てつながっていて、いろいろと考えさせられる。

それに、部下が大幅に増え、部長と呼ばれると、否が応でも遣り甲斐が出る。夜のあれこれを抜きにしても、日本に帰りたくない、という駐在員がたびたび出るのも無理はない。

意外だったのは、現地の課長やスタッフが、中国語ができず、工場管理に関わった経験もない上司を、ずいぶんと素直に受け入れてくれることだ。
三、四年しか居ないと分かっているから、日本であれば、お飾りの上司にされかねないような状況だが、ここ中国では、役職とそれについてくる権限を、より無条件に尊重するようなところがあるのかもしれない。

③

最初の一週間は、ドタバタのうちに過ぎた。

週末になり、家族にインターネット電話を掛ける。

時差が一時間あるので、もう日本は午前十時近い。

「おおい純子、そっちはどうだい？」

「え、何？」

通信状態があまりよくない。

「慶太はどうしてる？」

「普段通りかな。今日の午後のサッカー教室の送り迎え、あなたに行ってもらえないので大変よ。そちらの方こそ、どうなの？」

「仕事も生活も、いろいろ日本と違ってて面白いよ」

「いいわね」

「今日はこれから、部屋を見に行くけど、何か希望はあるかい？」

「そうねえ、あんまり日本人が多くないところがいいわ。ほら、近所の奥さんとの付き合いとか、煩わしいから」

「わかったよ。じゃあ行って来るね」

とは言ったものの、実のところ、選択肢はあまりない。

他の三人の駐在員は、みな同じサービスアパートメントに住んでいる。そこにするか、そうでなくても、その付近に住まなければ、集合して一緒に会社に向かえない。

家族の強い希望で、とでも言えば、違うところに住んで、毎朝別途一人で通勤することも出来るだろうが、なにより面倒だし、それに行き帰りの車の中が、日本人だけの気兼ねのないコミュニケーションの場にもなっている。新参の自分だけそこから外れるのは、得策とは言えない。

ひとまず今日は、上海の街の見学も兼ねて、不動産エージェントにはあちこち見せてもらう予定である。

とはいえ、家族が来ることを考えると、候補になるのは、外国人向けにフロントに通訳の出来るスタッフがいるサービスアパートメントに限られるだろう。部屋の掃除やシーツ・タオルの交換もあるので、妻にも楽をさせてやれる。

ホテルのロビーに迎えに来ていたのは、愛想のいい若い中国人の兄ちゃんだった。

早速、白いバンに乗って、上海の街に出る。

「ご希望は、中山公園エリアだけど、古北・虹橋エリアも見てみたいんですよね。まずはそちらに向かいましょう」

普段の通勤路にも、工事中の建物や道路が多いと思っていたが、街中がそうらしい。

「来年には、上海で万博がありますからね。あれは、地下鉄十号線を作っているところです」

不動産屋の兄ちゃんは、汗をかきながら、ちょっと聞き取りにくい早口の日本語で、いろいろと説明してくれる。それを聞いているうちに、最初の物件に着いた。

「ここは、上海で一番古い、日本人向けのサービスアパートメントです。当時はまだ、外国人は決まった場所にしか住めなかったんですよ」

空き部屋を内覧すると、一九七〇年代の終わりに建てられたと聞いたからか、高度成長期の日本のアパートみたいな印象を受ける。

「いまでもこのあたりには、日本人が多いです。日本総領事館もこの近くにあります」

確かに周りには、日本語の価格表を掲げたマッサージ屋や、日本式の喫茶店が目立つ。

次の物件は、広い敷地にたくさんの一戸建てが並んでいた。

「ここは、日本の会社が開発したところです。お見せしておかないと、あとで叱られちゃうかな、と思いまして」

もしこんなところに住めば、妻は喜ぶだろう。

「家賃、高そうだね」

「そうですね、月三万元近いです。入居しているのは、だいたい総経理クラスか、金融・外資の方ですね」

それはそうだろう。駐在員の家賃の予算は、月二万元ほどだ。差額を自分で出せば、不可能ではないが、分不相応というものだ。

上海の物価は、年々上昇しているから、それを理由に見直しを提案するのは、管理部長の職務の内だが、同じような製造業他社の水準を参考にしているから、そこから大きく逸脱するわけにもいかない。

他にも、古北・虹橋の物件をいくつか回った後に、中山公園に向かう。

「中山公園だと、ここか、向かいですね」

敷地の入り口には保安（警備員）の詰め所があり、綺麗に整備された植え込みに囲まれて、六棟の高層マンションが並んでいる。

毎朝来ていて、既にお馴染みになった場所だが、建物の中に入るのは初めてである。内覧した部屋には、大きく窓がとられ、壁の一面が総鏡張りになって、広く豪華に見える。こういう具合に、とにかく見た目を派手にするのが中国式なのだろう。

窓の外には、公園の緑が広がり、その周りの街並みを見下ろせて、見晴らしがとても良い。フロアが上になればなるほど、家賃が少しずつ高くなるのも理解出来る。

ただ、入り口で、日本人の奥様方が何人か、立ったまま談笑していた。純子が嫌がっていたのは、まさにこれだろう。

向かいのサービスアパートメントにも行ってみる。

共用部分にシャンデリアが下がり、赤いカーペットがひかれて、また一段と安っぽい華麗さを演出している。

陽が沈みかけているためか、窓からの眺めがさらに良い。

青紫色になった空を背景にして、遠くに並ぶ高層マンションの外郭には、ピンクや青の電飾が灯っている。日本では有り得ないセンスだが、虚飾に満ちたこの街では、なにも照明がなければ、むしろ地味に見えてしまうだろう。

純子と慶太にも、この景色を見せてやりたい。

住めば見慣れてしまうのかもしれないが、常に上海らしさを感じながら、駐在生活を送れそうだ。

日本人も、向かいよりは少ないようだし、ここに決めよう。

④

会社の日本人幹部四人は、残業をして別途タクシーで帰る者が出ることもあったが、だいたいは定時を少し過ぎてから、一緒に車に乗り、おなじみの居酒屋に寄って食事をする場合が多かった。

今日も揃ってビールを飲みながら、牛タン焼きや野菜炒めをつついていると、また「カラオケに行きましょうよ」と粟野が言う。家賃は会社負担で、さらに駐在手当もつくから、あまり派手に使わなければ、毎晩でも遊べるわけだ。それにしても、よほどあの細身の彼女に入れ込んでいるらしい。

「ええよ。総経理も行かはります？」と酒井。

「いや、俺はいいや」総経理も単身赴任だが、カラオケには時々しか行かず、娯楽といえば週末のゴルフがメインらしい。

「直ちゃんは？」

「私も今日はパスしときます」

粟野と酒井は、ジョッキを空け、「ほな、お先に」「失礼します」と言って、早々に出て行った。

料理はまだ残っている。

「谷口君、仕事はもう慣れたべ？」最後の焼き餃子をつまみながら、小野総経理が気を遣ってくれる。そういえば、二人だけで話をするのは、初めてかもしれない。

「やっぱり日本とは、だいぶ違いますね。私の見ているのは、事務方のメンバーだけだからかもしれませんが、思ったほどガツガツしていないというか、素直というか」

「そうだねえ。みんな若いし、飲み込みは早いよ。要領よく手を抜こうとしたり、根気がないようなところもあるけどな」

「それで思い出しましたが、酒井さんって、結構部下に厳しく言うみたいですけど、大丈夫でしょうかね。今どき日本の若いのも、あれやられると、辞めちゃうことがありますが」

「谷口君、来たばっかりなのに、良ぐ分かるね。実際、辞めた奴もいるよ。こっちの従業員には、打たれ弱いのが多い。褒めておだてて、ようやく頑張ってくれる感じっていうがな」

やっぱりそうだろう。

「でもな、現地に合わせてばかりじゃ、ダメなんだよ。特に品質、こればっかりは、口を酸っぱくして言い聞かせても、認識が甘い。課長クラスでも、日本と同じようにやるのが、やりすぎだと思うらしいんだ。けどな、うちのロゴを付けて出す以上は、日本レベルの品質でなきゃいかんべ」小野はそう言って、生ぬるくなったビールを飲み干した。

「本社の連中も、お客さんも、中国の工場だから、品質が悪いんじゃないか、と思ってるところがある。それで、本当に品質が悪いです、じゃつまんねえだろ」

真剣な顔で言う小野に、はっとさせられる。これがモノ造りのプライドというやつだろう。

「うちは、製造業ですものね」本社で管理業務に埋没していると忘れがちになるが、それを再認識できただけでも、工場に来て良かったと思う。

「酒井君のやり方がベストとは言えねえかもしれないけどな、品質に対する真面目さ、仕事への厳しさみたいなものは、伝えなきゃならね。酒井君がやらなきゃ、私がやることだから、助がってるよ」

二つのマザー工場から、たすき掛けのようにして来ているから、いろいろと複雑なのかと思いきや、むしろ製造マン同士の、阿吽の呼吸があるらしい。

「それに酒井君、ああ見えてな、現場で直接工員にガミガミ言うことはなくて、管理職しか叱らねんだよ」

それはちょっと意外だった。気分と勢いだけで仕事をしているのかと思っていたが、夜と昼はもちろん、昼のオフィスと現場でも、少しずつ違った顔があるのかもしれない。管理屋としては、とにかくいろいろ理解しておいた方がいい。もう少し現場にも足を運んでみよう。

⑤

日系の銀行や会計事務所から、中国の税務や会計について、定期的に情報が発信されてくる。宣伝も兼ねているのだろうが、いろいろと勉強しなければならない自分にとっては、大変に助かる。そして、分からない内容や気になる事項があれば、林課長に聞いてみる。

「この、個人所得税の徴税強化に関する通知だけどさ、注意すべき状況の一つに、日本支給分の給与を申告していない、って書いてあるけど、うちの駐在員はどうなの？」

「現地支給分だけで申告してますけど、大丈夫ですよ。税務局の担当とは、いい関係を維持していますし」

いい関係だから大丈夫、という発想がまた中国らしい。

「本当は、合算して申告しなきゃダメなんだよね？」

「でも、日本支給分がいくらかなんて、税務局にはわからないですし、私も知らないです」とそっけない。駐在員に関する事柄は、基本的に人事が扱っており、法人所得税や増値税などに比べると、駐在員の個人所得税は、自分の仕事ではないという意識があるようだ。

別の人の意見を聞いてみたい。

そういえば、華南の東莞にも別の事業部の小さな工場があり、経理部から後輩の前田が出向している。以前から連絡したいと思っていたが、いい機会なので電話してみよう。

卓上の受話器をとり、見慣れない市外局番からダイヤルする。

「もしもし、上海の谷口ですけど、前田君？」

「谷口さん、もう上海に来てたんすね！　どうっすか、上海は？」久しぶりに聞く元気そうな声に、やけに親近感が湧く。考えてみると、上海の他の三人の駐在員は管理にはノータッチだし、部下はみな現地の観点しか持っていない。実際にいる場所は数千キロも離れているが、グループ数万人の中で、東莞の前田が、最も同じ悩みを分かち合える立場にいる。

「いやあ、いろいろ慣れないことばかりで大変だよ。それでちょっと聞きたいんだけどさ、個人所得税の計算に、日本支給分って入れてる？」

「入れてないすね。ですけど、広東あたりは中国でも一番緩いんで、あまり参考にしない方がいいっすよ。そもそもうちは来料加工廠で、会社として税金払ってないですからね」

「それ何？」

「いや、僕もよくわかってないですけど、要するに郷鎮企業に委託加工してて、現地に法人格がないんです」

「けど、法人の形態はともかく、中国で働いている人員が受け取る労働の対価は、その全額について現地で個人所得税申告する、ってこの会計事務所のニュースレターに書いてあるよ」

「谷口さん、中国でなんでも書かれたルール通りに全部やる、なんて言ってたら回らないっすよ。法律や規則には立派なことを書いていても、建て前だけで、実際には適用されていないのがいっぱいあって、取り締まりされないうちは、まあ、そういうことっす」

日本にも、死文となっている法律がないわけではないが、取り締まりされないルールは存在しない、みたいな考え方は、ぶっ飛んでいる。

「そしたら、様子見でもいいのかな」

数秒間、間が空いた。

「それは、そうとも限らないっす。もしも税務局にやられたら、まず延滞金、それから罰金。悪質だと認定されたら五百％ですからね、簡単に億円単位になりますよ。そんなことになったら、上は激怒するでしょうね」

「前田君、いけずやな」

「なんですか、いけずやな、って？」

「酒井さんの関西弁がうつったみたい。それにしても、管理ってのは損な役回りだよなあ。何も問題を起こさなくて当たり前、問題が起きたら怒られる。税金を払ってないのは過去の問題だけど、取られた時にそんな説明をしても、言い訳だと思われるだけだしな」

「そうっすね。結局、まわりを見ながらみんなで信号わたるしかないんすよ。販社の水野さんには聞かれました？」

「ああ、まだ会ってないや」言われてみると、上海にはグループの販売会社がある。ただ、そこの管理をやっている水野は、法務部出身でよく知らない上に、とっつきにくい印象があった。

「いらしたばかりですもんね。けど、税務局も他の役所も、地方ごとにだいぶ方針とか解釈が違ったりするんで、上海の中で状況を聞いた方がいいっすよ」

「わかったよ」

「ぜひ今度、出張か何かで東莞に遊びに来てくださいよ。東莞はセイトって呼ばれてるんす。セックスの都ですよ。夜総会にサウナに立ちんぼ、いろいろあります」

「そうなんだ。まあ、そのうちな」

電話を切ると、もう定時を過ぎてだいぶ経っている。

ほとんど人が残っていないオフィスに、やはり残業していたのだろう、酒井が入って来た。

「お、直ちゃんまだいるやん」遠くから声を掛けてくる。

「ええ、ちょうど終わったところです」

「ほな一緒に帰ろか」

タクシーを呼んで玄関ホールで待っていると、酒井が言う。

「直ちゃん、今日はサウナどうよ？」

「そうですね、行ってみようかな。中国語できなくても大丈夫ですかね？」

「お、付き合いいいやん。大丈夫、いろいろサービスされて、それからやるだけや」

総経理から、酒井についてああいう風に聞いていなかったら、誘いに乗っていなかっただろう。前田がぜひ東莞に来い、などと言ったせいもあるかもしれない。


タクシーで小一時間、高速を降りて路地を入り、真っ暗なビルの下に着く。

中国では、風俗店は全てアングラであるから当然ではあるが、外見は隠微な場合が多い。だが、ここには小さな赤ピンク色のランプが二つ掲げられ、その筋の場所であることを伺わせる。

黒い分厚い扉を開けると、例のごとく、大理石風の壁と床が明るく照らされた、見かけだけは豪華な玄関に、黒服のマネジャーが居て「日本人か」と聞いてくる。ドキリとするが、酒井が「日本人や」と答えると大きく頷いて、リストバンド形式のカギを二つ、フロントから取って渡してくれた。日本人は、お客としてむしろ歓迎されているのかもしれない。

奥に通されると、そこにはたくさんのロッカーが並び、何人かの客が服を脱いだり着たりしている。

「ここで全部脱いでな、その先でシャワー浴びて風呂入んねん」

若い男の従業員が、ロッカーを開けてくれるが、タオルは渡してくれない。違和感があるが、太鼓腹の中国人客が、真っ裸で歩いていくのに倣って、全て脱いでロッカーに入れ、何も持たずにさらに奥に向かう。白いタイル貼りの大きな浴槽の周りに、サウナ室や垢すりコーナー、そしてシャワーブースが並んだ区画があり、身体を洗ってから浴槽に浸かる。

「はあー、ここは、この風呂がええのよ」

「そういえば、風呂に入ったのは久しぶりです」

「せやろ、部屋でお湯溜めると、黄緑色になるしな。今はだいぶマシになったけど、前はシャツ洗えば洗うほど、だんだん茶色くなっていくのには閉口したわ。浄水器入れたらええんやけど、単身だとそこまでせんでも、ボトルの給水機でだいたいは足りるしな」

「私のとこは、家族が来たらやっぱり浄水器でしょうかね。子供も小さいし」

「その方がええかもな」

風呂から見える、壁に掛かった大きなテレビには現地のニュースが流れ、日本の新幹線とよく似た車両が映っている。中国語はさっぱり分からないが、高鉄がどうとか、字幕が出ているので、目で追ってしまう。

「出よか」

浴槽から上がると、今度はタオルを渡され、身体を拭いてバスローブのような緩い上下を着る。

階段でワンフロア上がると、暗い廊下の奥に、ガラス張りの明るい一画がある。

地階よりさらに強面のマネジャーに手招きされて行くと、ガラスの向こうに、二十人ほどの女の子が並んでいる。それを着て泳ぐことは決してできないようなビキニや、ホットパンツに胸が丸見えのシースルーシャツなど、肌の露出度がやたらに高い。マジックミラーになっているのだろう、女の子たちとは目が合わない。

「何番？」マネジャーに言われてみると、女の子たちはみな腰に番号のついた札を着けている。

「ほら、直ちゃんから選んでええで」

「目移りしちゃいますね」

長い髪のスレンダーな子を番号で指名する。

「あれー直ちゃん、あっちの183番にするかと思ったけどな」

「あの子も可愛いんですけど、なんだか家内に似てるんでいやです」

「あはは、そうなんや。却ってそそるやん」

「いや、いいです。酒井さんは？」

「俺は112番かな」

酒井が選んだのは、背が低くて豊満な子だった。なんとなく、彼自身に似ていなくもない。

「ほな、終わったら休憩室に案内されるから、そこで集合な」

一時間後、ソファーが並び、煙草の煙が漂う休憩室に降りて行くと、酒井が缶ビールを飲みながら待っていた。

「お疲れさん、どうやった？」

「いや、すごいですね。あんなとこまで舐めなくても」

「あれ、最初びっくりするな。布でぶら下がってぐるぐる回るやつはやってもらった？」

「あれもすごいですね。けど、女の子が大変そうで、見てるこっちがヒヤヒヤしました」

「女の子のレベルやったらマカオが高いし、サービス精神はやっぱ日本かタイやけど、上海もいろいろ工夫があっておもろいやろ」

「マカオもタイも、行ったことないですね」

「いっぺん行っといたほうがええよ」

「そうですね、それも機会があれば。ともかく、今日はよく寝られそうです」

⑥

毎日が充実しているからだろう、時間が経つのが早い。

土曜日の今日は、近所のスターバックスに向かう。

中国語の先生から指定された場所がここなのだ。入り口付近、カウンターの上に掲げられた価格表を見ると、値段は日本と変わらないのに、席はほとんど埋まっている。

白いブラウスにオレンジのスカートを探して見回すと、奥の向かい合わせのソファー席を確保していた。

年の頃は、三十代半ばくらいだろうか。そういう期待はしていなかったが、きちんと薄化粧をしていて、鼻は低いが小顔に目は切れ長の、それなりに美人である。田園調布か二子玉川あたりを歩いている奥様だと言っても通用しそうだ。

「こんにちは、谷口です」つとめて爽やかに声を掛ける。

「あ、顧です。栗野さんに紹介してもらいました、宜しくお願いします」訛りはあるが、綺麗な日本語である。

「宮本君も、先生にお世話になっていたと聞いています」

「そうですね、宮本さん、日本に帰られたんですね？」

「ええ、体調を崩して、それで私が後任で来ました。先生、日本語が上手ですね」

「いえいえ、上手じゃないです。でも三年くらい日本に住んでいました」

白いブラウスの下に、うっすらと見える下着の線が気になる。そのあたりはボリュームがありそうだが、中国人女性らしく、腰は細くお尻も小さめだ。この人は、ベッドの中では、どんな声を出すのだろうか。サウナに行って、頭のネジが緩んだらしい、ついそんなことを考えてしまう。

視線を感じたのか、彼女が咳ばらいをして言った。

「谷口さんは、中国語は全く初めてなんですよね？」

「そうなんです、全然勉強したことがなくて、基本の基本からお願いします」

彼女は頷くと、ハンドバッグから折りたたんだ紙を取り出して広げた。いかにも初心者向けという感じのプリントである。

「そうしたら、まずは四声からですね。私の後に続いて言ってみてください」

「マー、マー、マー、マー」

そういえば、大学で中国語をとった連中が、やたらにマーマー言っていたような気がする。いい年をして、ちょっと恥ずかしいが、周りの客は全く気にする様子もない。

他にも、座ったままさっきからずっと電話をしている男も居れば、大声で話している数人の女性客や、パソコンの電源をコンセントに差していかにも長時間ねばってそうな学生風も居て、日本に比べると、公共の場でのマナーがずいぶんと緩いのを感じる。こちらさえ気にしなければ、気楽で良い。

「谷口さん」トントン、と彼女がプリントを叩く。周りを気にせずに集中しなさい、ということだろう。ちゃんと先生らしいところもあって、それもまた良い。

「これを第一声、第二声、第三声、第四声というんですけど、第二番目はもっとスッと上がって、第四声はスッと下がってください。もう一度いきますね」

「マー（上がり調子で）」

「マー（〃）」

「マー（下がり調子で）」

「マー（〃）」

「うん、谷口さん、うまいですよ。声調はこれだけです、簡単でしょう」

「次は、発音をやりましょう。中国語には、日本語にない発音がたくさんあるので、最初は大変ですけど、それさえクリアしたら、あとは簡単です」

「Zi、Ci、Si」

「ええと、ジー、チー、シー？」

「もっと口を横にイーっと広げて、音は上下の前歯の間から出します」

「イー。Zi、Ci、Si」

「そんな感じです。こんどは、こっちをやってみましょう」

「Zhi、Chi、Shi」

「ええっ、難しいですね。ズー、ツー、スー？」

「いえいえ、舌の先をとがらせて、持ち上げて、上あごの裏側にちょっとつける感じです」と言って、舌を突き出して見せてくれる仕草がかわいらしい。

「Zhi、Chi、Shi」

「そうそう、上手です」

一生懸命に教えてくれる。根がまじめなのだろう。

こちらも、中国語を習いたいという意欲は日に日に高まるばかりだったので、望むところである。いろいろな発音を理解してみると、普段耳にしていた中国語が、確かにそれらで構成されていたな、という実感がある。

「口が疲れてきました」

「ちょっと休憩しましょうか」

そういえば、自分は何も注文していなかった。これも日本だったら、店員から何か言われていてもおかしくない。

「何か買ってきます。先生はどうですか？」

「まだ、あるからいいです。ありがとう」と言って、うっすらと口紅のついた紙カップを持ち上げて見せる。

指さしでアメリカンを頼んでソファー席に戻る。

「こういう注文くらいは、早く中国語で出来るようになりたいです」

「頑張りましょう。今日やった発音、来週までに復習しておいてくださいね」

「はい。それにしても先生、三年間でよくそれだけ日本語上達しましたね」

「おしゃべりが好きなので、自然に覚えました」

「留学ですか？」

「いえ、夫と一緒に仕事の関係で」

「ああ、結婚されているんですね」

「谷口さんは？」

「来月には、家族が上海に来ます」

「そうですか」と言って、先生は身に着けているペンダントを指でつまんだ。さっきから気になっていたが、改めて見ると風変わりで、中国風の翡翠と西洋風の金のオブジェが組み合わさっている。アンティークだろうか。

「それ、素敵ですね」

「母からもらったものです。母は祖母から」と、少し考え込むようにした。

「そういえば、中国では結婚しても、名字が変わらないんですよ」

「そうなんですか？」

「ええ。私の夫の姓は阮（ルアン）ですが、私は顧（グ）のままです」と言ってプリントに「阮」「顧」と書いてルアン、グと読んでみせる。

「谷口さんの名前は、中国語で読むと、グーコウになりますね。音は同じですが、私の姓は第四声、谷口の谷は第三声です」

「ううむ、覚えることがたくさんありますね。頑張ります」


栗野たちのように毎晩遊びに行くのでもなければ、定時にあがった日には結構時間がある。こちらに来て以来、ずっと中国語を習いたかったが、あの先生に進歩を見せられると思うと、練習する気にもなるというものだ。

レッスンの成果は、早くも月曜日の会社で現れた。部下連中が、「グーコウ、グーコウ」と言っているのを耳にしたのだ。「谷口」と言っているのに違いない。逆に言えば、これまで、自分の名前を呼ばれているのにも、気づいていなかったわけで、言葉が分からないというのは恐ろしい。

姓だけを呼び捨てにしているというのは、なんとなく失礼な気もするが、声の調子からすると、悪気はないようだ。

⑦

少し日にちが経ってしまったが、今日は前田に勧められた通り、水野を訪ねて販売会社に赴く。

指定された時間が十時と遅い上に、車で二十分ほどの市内にあるというので、いつもよりずいぶんとゆっくり出来る。もっと若ければ、喜んで二度寝をするところだが、もう中年に差し掛かっているせいだろう。いつもと同じ時間に目が覚めてしまい、手持ち無沙汰になってしまう。

九時半前にはタクシーを捕まえて、目的地の住所を、頑張って中国語で読み上げてみる。

走り出したところを見ると、通じたらしい。だが、もし全然見当違いのところに連れていかれたらコトだ。念のために、書かれた住所を運転手に見せると、「没问题！」と噛みつくように言われるが、ちゃんと通じていた嬉しさの方が上回って気にならない。

着いてみると、近代的なオフィスビルで、高級ブランドの大型店舗と、プラタナスの街路樹が並んだ繁華な通りに面している。上海にもこのような小綺麗な場所があったのか、と感心すると同時に、こんなにも良いロケーションにオフィスを構える必要があるのだろうか、と疑問を感じてしまう。工場勤務を始めて日が浅いが、常にコスト削減に邁進する感覚が、染みついたのかもしれない。

ビルに入ると、広い吹き抜けのロビーに、林課長が待っていた。

「林さん、おはよう」と手を挙げる。

林課長は作業服ではなく、グレーのスーツを着て、化粧もしている。

「今日はかっこいいね」

「場所に合わせました」

「この表の通り、お洒落だもんね」

「フランス租界のメインストリートですから」

「へえ、租界ねえ」

「入館カード、もらっておきました」差し出された白いカードをかざして、エレベーターホールの手前にある駅の改札のようなゲートを通り、最上階に近い二十八階に上がる。

フロントには、会社の銀色のロゴが掲げられ、スマートな印象を与えるが、人はおらず、代わりに電話機が置かれて、「御用の方は、内線番号をダイヤルしてください」という日本語と中国語の表示と、内線番号表がある。

水野の名前を探して、番号をダイヤルすると、すぐに出てきて、会議室に案内された。上海においては、三十階建てのビルはそれほど高層ではないが、窓からの景色は壮観である。

「いい場所にありますね」

「そうですかね、毎日来ているので、なんとも思いません」と水野が言うのが、嫌味に聞こえるのは気のせいだろうか。彼は、弁護士試験に合格できずに企業の法務に流れて来たクチで、そのせいかどうも捻くれたところがある。もうずいぶん前になるが、中途入社なので、年次の上下はない。

水野に続いて現れた、章主任という女性のスタッフも、都会のホワイトカラーらしくパリッとしているが、なんとなく取り澄ました印象を受ける。林課長が、場所に合わせて来た、と言ったのは、表の通りに、というよりも、むしろこの販社の雰囲気に、という意味だったのかもしれない。

お互いに簡単な紹介をする。どうやら、章主任と林課長も初対面らしい。林課長は、会社設立以来のメンバーなので、勤続十年を超える。章主任はいつごろこの会社に来たのだろうか。いずれにしても、上海にグループ会社が二社あって、ローカルの管理部門のキーパーソン同士で面識がないというのは、これまでよほど連携がなかったのだろう。

例の件について切り出すと、水野は「もちろん、ちゃんと日本支給分の給与・賞与も入れて申告していますよ」と言う。そんな簡単な事を聞くのか、と言わんばかりの表情がまた癪に障る。

「他社はどうなんでしょうね？」

「他社はともかく、うちは統括会社への改組を計画していますのでね。そのあたりのコンプライアンスはきっちりやる方針です」そんな計画があったのか。確かに、統括会社の設立は、流行りらしい。だが中国地域に、製造拠点が二社しかないのに、何を統括するのだろうか。

「そうしましたら、統括会社になるかもしれない会社の管理部門の意見として、上海工場はどうすべきだと思います？」

「ちゃんと払うべきでしょうね」にべもない。しかし、一つの意見としては参考になる。東莞の状況と合わせて総経理に報告した上で、どうするか決めてもらうことにしよう。

一番の要件は済んだが、あまりに短いミーティングで終わってしまうのも何なので、せっかく連れてきた林課長に、話を振ってみる。

「林さん、何か聞いておきたいことある?」と水を向けると、中国語で章主任と話し出した。何を話しているのかは、やはり分からないが、中国語の練習の成果があって、ところどころに知っている単語も出てくる。最初の印象とは違って、章主任の方は、意外とフレンドリーだ。

「移転価格文書についての話ですね」水野が言った。中国語が分かるらしい。

「まだ明確に義務化されていませんが、上海工場とうちとは、内部取引が大きいですからね。早晩準備しておいた方がいいでしょうし、その場合、双方で整合性をもって作らないとまずい、とまあそんな話です」しかも、赴任して三年くらいだから不思議ではないが、税務についてもそれなりに知見があるらしい。

中国語での会話が続く。隣の上司が会話についていっていないというのに、遠慮がない。女性二人で楽しそうに話しているので、「部長、税務局」など、知った単語が出てこなかったら、世間話でもしているかと思うところだ。

水野が腕時計を見て、席を外した。そして、すぐに戻って来ていうには、「社長、いま大丈夫みたいです」とのことである。

社長と言っても、本社の社長のはずはないから、販売会社の総経理を指しているのであろう。そういえば、総経理にもご挨拶したい、とお願いしてあった。

工場から来た二人を連れて、やはり日本式の広いオフィスにならんだデスクの奥に向かった水野は、ゴマ塩頭でエネルギッシュな、いかにも営業というタイプの男に、「内村社長」と声を掛けた。

ここでは、トップも大部屋に席を構えているらしい。

「ああ谷口部長、お疲れさん。せっかくだから、昼飯でも食べながら話そうや」

正午まではまだ少し時間があるが、「お気遣いありがとうございます、ぜひ」と答える。

製造に比べると、グループ全体における中国販売の重要性はだいぶ落ちるが、とはいえ内村は、営業畑のキーパーソンである。

林課長と章主任も伴って連れていかれたのは、オフィスに隣接したショッピングモールに入っている、新疆料理の店だった。独特のスパイスの香りが充満し、内装にもところどころ、それらしい意匠があしらわれている。

五人で座ると、内村は、中国市場における第一人者だけあって、流暢な中国語で注文をした。

「内村社長の中国語、さすがですね」

「もう八年もおるからね」

「水野さんも、林さんと章さんの会話、ぜんぶ分かってたみたいですよね」

「いえいえ、社長が中国語やれやれっていうから、必死で勉強していますが、まだまだです」と水野は、上司の前だからかもしれないが、謙遜する。とはいえ、あれだけ理解出来るようになるからには、やはり頭のいい男なのだろう。

服務員（ウェイター）が、香ばしい羊肉の串焼きを持って来た。

「これこれ、これを白酒かビールと一緒にやりたいところだけど、昼間っから飲んだらまずいよなあ」と内村社長。

「ビールはともかく、白酒はご勘弁を」水野が冗談半分に、恐れおののいた顔をしている。

「あはは、こないだ、えらい目にあったもんな」こちらを向いて「お客のところに連れて行ったら、宴会になって、乾杯攻めにあったんだよ。その後、ゲーゲー吐いて大変だった」と解説してくれる。

「社長はもっと飲んでましたが、楽しそうにしてましたよね。底なしなんだから」

「あのな、楽しむフリしてんの。まあ、嫌いじゃないけどな」

中国での営業は、飲めなきゃ務まらないというのは、本当らしい。酒が好きでも、身体に堪える仕事だろう。


内村社長が肉を咥え、串を引き抜きながら言う。

「いやあ、谷口君には、ぜひうちに来て欲しかったんだがなあ。本社管理のエリートで、色のついていない若手っていうと、もう谷口君くらいしかおらんかったからね」

「ええと、すみません」なんとなくそう言ってしまう。色がついていないというのは、社内の二大派閥である、製造派にも営業派にも属していない、という意味だ。本来であれば、管理も加えて三軸になるべきなのかもしれないが、当社の管理は社内政治の面では主体性がなく、管理部門の主な管理職は、それぞれ製造派か営業派かのどちらかに属していると目されている。

自分も、上海工場に配属されたからには、これからは製造派に分類されることになるのだろう。

「谷口君、ここだけの話だけどな、君ほんとは、水野君の後任って話が出てたんだよ。けど工場管理のあれ、なに君だっけか、日本に帰っちゃったから、そっちに回されたんだ」そうだったのか。宮本がもう少し頑張っていたら、自分の会社人生は大きく変わったかもしれない。

「いや、ほんとに残念」ほとんど面識がなかった内村に、そこまで言ってもらえるのは、むしろ奇妙な気がする。

「小野総経理、相変わらず品質、品質って言ってるでしょ?」

「言ってますね」それのどこが悪いのか、という思いが、声に出たかもしれない。内村が、首を傾げてから言った。

「谷口君、上海工場で作った物が、その先どこにどのくらい売られてるか、知っとる?」

「ええと、工場からの売りは、保税が八割ですけど、その全部が輸出されているわけじゃないですよね」

「そうそう、保税のうちの半分は、実際には中国国内の保税区で売ってる。本当の輸出は四割で、国内が六割」それを聞くと、それなりに健全だと思える。輸出への依存度が高い日系の製造会社は、人件費の上昇や人民元の高騰で、どんどん経営が厳しくなってきている。

「それでな、中国国内販売の内訳はどうなっていると思う?」

「内訳というと、客先ごとですか?」

「いや、お客のカテゴリっていうかな。輸出はもちろんのこと、中国国内の六割についても、実際にはその九割が日系なんだよ。要するに、うちの中国ビジネスは、日本本社のお客さんにくっついてきてるだけなんだ」なるほど、米国や欧州では、非日系の得意先も少なくない。それに比べると、確かに見劣りがする実態だ。

「本社の営業本部から、非日系向けの売り上げを伸ばせ、って号令がかかってる。そうなると、競合するのは、台湾系や地元中国のメーカーだ。そりゃ、品質ではうちが上です、っていつでも言えるのはありがたいけどな、価格差がありすぎるようだと、勝負にならん。良い物を作れば、自然に買い手がつくだろう、なんて発想は、日本国内でしか通用しないんだよ」

確かに、全体像としてビジネスを捉えたら、そういう課題認識になるだろう。工場におけるコスト削減努力というのは、いろいろなものを所与として、その中で出来る事を探している。木を見て森を見ず、になっているのかもしれない。

「となると、原価の作り込みから取り組まないと難しいですね」

「そういうこと。俺だって別に、安くて悪い物を作れって言ってるわけじゃないんだ。だけど、お客さんが作る製品そのものの想定耐用年数が三年とか五年なのに、部品だけ十年保っても意味がないだろう。これを五年で想定すれば、材料も部品も、採用出来る物が全然変わってくる」

「そのあたりは、本社の設計や品管が厳しいでしょうね」

「本社のお偉いさんは、中国向けだけに開発するのは費用対効果が見合わない、って言うが、中国マーケット向けに開発しないから、中国マーケットでの売り上げが伸びない、売り上げが伸びないから、投資もできない、という悪循環に陥る。中国で勝ってる企業ってのは、その逆なんだよ」

額の汗を紙ナプキンで拭って小野は熱弁を振う。

「俺が本社の設計や品管に言っても、売れない言い訳だとしか思われない。同じ中国の製造から言ってくれれば違ってくると思うんだが、小野さんは、日本品質の一点張りで、この巨大な中国マーケットを見てない」

といって舌打ちをした。

目からウロコが落ちたような気がする。内村社長と話していると、工場の小野総経理が頑固おやじのように思えてくる。しかし、モノ造りのスピリットはやはり大切だろうし、経営トップの観点からは、リターンが不明確な事業にどのくらい投資するのか、というのは難しい問題だろう。

営業と製造それぞれの立ち位置で、見える世界がこれほどまでに違う。本来は、管理がその両者の調整役を務めるべきなのだろうが、うちの本社管理には荷が重いのは間違いない。

さっきから、林課長と章主任は、中国語で話し込んでいる。そこに、内村社長が苦笑いをして口を挟み、水野も口をゆがめて笑いをこらえている。何の話だろう。

林課長と工場に向かうタクシーの中で聞いてみる。

「さっきは、内村社長と何の話をしていたの？」

「内村社長は、最近中国人の奥さんと結婚したんですって。それであんまり日本に帰る気がないんじゃないか、って章主任が言っていました」

だとすると、日本にあった家庭は捨てて、こちらで若い中国人女性と再婚したということになる。内村社長が中国マーケットに対して思い入れがあるのも、そのあたりの事情があるのかもしれない。身をもって現地化していると思えば立派だが、元の奥さんとの離婚は円満だったのだろうか。

⑧

顧先生から、携帯にショートメッセージが来た。

「你去过外滩吗？」

これくらいの中国語は分かるようになってきた。

外灘というのは、上海の有名な観光スポットだ。そういえば、忙しさにかまけて、ほとんど工場とサービスアパートメントを往復する日々しか送っていない。

とは言え、理解出来るのと返事が出来るのは別のことである。世間ではスマートフォンなるものが話題になっているが、会社から支給されたガラケーでは、日本語が書けない。

「没有」ぽちぽちと打ち込む。もうちょっと何か気の利いた言葉を添えたいところだが、正しい中国語で書ける自信がない。

「这周六的课，我们在外滩见怎么样？」

今週土曜日のレッスンは外灘でどうか、という意味らしい。

「ＯＫ」と回答する。これまでの数回のレッスンは近所のスターバックスであったが、どうしたのだろうか。まさか、もう実地に中国語を使ってみよう、などという話ではあるまい。

中山公園から外灘へは、地下鉄二号線で直接行ける。

せっかくだから乗ってみよう。土曜日の朝には、普段から見かけていた地下鉄の標識に向かう。建設からそれほど年数が経っていないためだろう、駅も車両もキレイである。切符は安い。

だが、ホームで待っている乗客は列を作らず、電車の扉が開くなり乗り口に殺到した。しかたがないので、自分もその後ろから着いていく。降りる客は、人の流れをすり抜けるようにしてホームに出てくる。なんという出鱈目な乗り降りだろうか。

つり革につかまり、列車がすべり出すと、しばらくして、前方の車両から、出来損ないの演歌のような曲が流れてきた。何だろうと思って覗き見ると、顔がケロイド状に爛れた女がマイクを持っている。正視できずに思わず目をそらすが、怖いもの見たさに横目で観察していると、後ろから少年がラジカセを片手に、もう片方に小さなトレイを持って差し出しており、時折少額の札や硬貨を入れる乗客がいる。物乞いか。

だんだんとこちらに近づいてきて、ものすごいボリュームになる。注目すると、しつこくトレイを突き出されるようなので、目を逸らして通り過ぎるのを待つ。

金を入れてくれた客に大声で「谢谢，谢谢！」とがなる他は、音楽に合わせて歌っているその声は、顔ほどにはひどくないが、あまりに大音量なので、哀れを誘うどころではなく、むしろ苛立たしい。この押しつけがましさに応じて、金を入れる者も居るのは、ある意味で驚きである。

ようやく遠ざかり、ホッとする。

ところが、数駅すぎたところで、こんどはまた後方車両から、同じ音楽が聞こえてくる。車両の数には限りがあるから、駅で降りなければ、戻ってくるのは当然ではある。

ふたたび間近に来る前に、南京東路の駅につき、心から安堵して降りる。あの二人は、母子だろうか、姉弟だろうか、それとも赤の他人だろうか。

駅から地上に上がると、歩行者天国になった広い通りの両側にたくさんの看板が並び、十月の陽気の中を、地方から出て来たのだろう、おそろいの青い帽子をかぶった年配の観光客の一団や、若い欧米人のバックパッカー、学生風のラフな格好をした若者などで溢れている。

これが南京東路か。

遠くに見える、赤い球をいくつか串に刺したようなのが、東方明珠塔とかいう上海のシンボルタワーだ。上海の名所をいくつかちらりと見ただけでも、行動範囲がずいぶんと広がった気がする。

路地を南に入ると、指定された住所はすぐに見つかる。上海の道には、道路名と東西南北、さらに番号の範囲を示す標識があちこちに立っており、道路の片側は奇数番号、反対側は偶数番号になっているので、初めて歩いても分かりやすい。

このあたりは、石造りの古めかしい建物が目につき、租界時代を感じさせる。集合時間にはまだ少し早いので、あたりを散歩してみる。

大通りから少し離れただけで、下町っぽい細い通りがあり、肉マンや豆乳、果物や野菜を売る小店が並び、解体された豚か何かが骨ごと吊るされていてギョッとする。そういえば、中国では、料理の中でも、豚肉や鳥肉は骨付きで出される場合が多い。いかにもローカルな食堂や麵物屋もあり、はっきりいって汚いが、値段はとても安い。通りの両側は二階建てで、窓からは長い棒が通りに向かって突き出され、堂々と様々な洗濯物が掛かっている。

歩いていたら、汗ばんで来た。もうそろそろいいだろう。


戻って店に入ると、白い漆喰の天井が高く、窓は大きなガラス張りのカフェであった。広くない店内を見回しても、顧先生がみあたらない。携帯を見ると「我已到了，请上二楼」とメッセージが入っている。

よく見ると、中二階がある。そちらに階段を上がると、書斎風に本棚が壁際に並び、一階を見下ろす場所に、いくつかの席が設けてあった。こんなお洒落な場所だと、まるでデートみたいではないか。

すっきりとしたクリーム色のワンピースを着た先生が、手を挙げた。秋だからか、鮮やかな柘榴色の口紅をひいている。

会えば少し世間話をし、宿題の出来具合を確認したあと、新しい内容をやり、疲れたらまた世間話をするというのが、ルーティーンになっている。

地下鉄で見た状況を話すと、彼女は言った。

「ああ、時々いますね。たぶん、攫われた子供が、顔に硫酸を掛けられて、物乞いをさせられてるんです。そういうのを商売にしている、ひどい奴がいるってことです。可哀そうですが、お金を上げると、さらに多くの子供が同じ目にあうことになるので、私は絶対にあげません。上海では、子供の誘拐と交通事故にだけは気を付けてくださいね」

息子の慶太の顔が脳裏に浮かんで、思わず強く頷く。いろいろと慣れてきたが、やはりここは日本ではないのだ。気を引き締めておくに越したことはない。

「さて、まずは先週の復習からやりましょう」場所は変えたものの、ちゃんとレッスンはするらしい。

プリントを取り出して読み上げる。

「一本书，两匹马，三瓶啤酒，四辆汽车」

「その車は che、もっとオエー、って感じの e です」

「オエー、che」

発音や声調もまだまだ直されるが、最近は新たに出てくる単語を覚えるのが勉強のメインになってきている。

地道な作業だが、覚えれば覚えただけ分かるようになるので、やり甲斐がある。新たに知った単語が、翌日会社で出てくることが、不思議とよくあるのだ。

それにしても、読解は、簡体字に慣れてきて、漢字そのものはほとんど知らないものはないのでどんどん頭に入ってくるが、リスニングの方は、一つ一つの漢字の音を覚えたつもりでも、実際に耳にした時になかなかピンとこない。

「今日はここまでにしましょう。よかったらランチ、一緒にどうですか?」やはりこれまでのレッスンとは少し違うらしい。

「ええ、喜んで」

「そうしたら、せっかくなので外灘に出て、景色のいいお店に入りましょう」

「はい」と答えると、先生が伝票を持って立ち上がる。これまでは、それぞれに飲み物を買っていたが、自分の分まで出してもらっては申し訳ない。

「あ、私が払いますよ」

「中国では、友人同士は、順番にお勘定を持つんです。今日は私、来週は谷口さんってことでどうですか?」

レッスン代が一回一時間半で二百元、ここでの飲み物に加えてランチまで出してもらったら、その方がよほど高くつくだろう。しかし、これまでの会話から、あちこち海外に旅行にいったりしていて、かなり裕福なのは分かっている。中国語を教えているのは、要するに趣味なのだろう。それに、あくまで払うと言えば、せっかく友人だと言ってもらったのを否定するみたいで感じが悪い。

「ええと、ほんとにいいんですか?」

「谷口さんさえよければぜひ」


店を出て、車道沿いの狭い歩道をしばらく歩く。

二ブロックほどで、開けた明るい大通りに出た。

「ここが外灘です。あちらが浦東ですね」と先生が指さす方向には、摩天楼が立ち並んでいる。映像としては見たことがあったが、実際に、八角形や楕円形、ひときわ高い栓抜きのような変わった形の高層ビルが並んでいるのを目にすると、迫力がある。

左右には、ゆるいカーブを描いて、風格のある石造建築が並んでいる。浦東の現代的なビル群と、外灘のアンティークな建物群との対比が面白い。

「こちらに行きましょう」

二人で肩を並べて南に下る。人も多いが、歩道の幅が十メートルほどもあるので歩きやすい。先生が、サングラスを取り出して掛ける。ずいぶんと涼しくなったが、白っぽい歩道の石材に、照り返しが眩しい。

銀行だろうか、立派な建物の前で、白いウェディングドレスと銀色のタキシードを着たカップルを、カメラマンと何人かのスタッフが囲んでいる。

「あれは、ドラマか何かの撮影ですか？」と聞くと、先生が笑った。

「いえいえ、ただの結婚式用の写真撮影ですよ」

言われてみると、がっつり化粧をしているが、それほどの美男美女には見えない。

「あの二人、若いですね。上海あたりでは、基本的に男性が車と家を買わないとプロポーズできないです。たぶん親に出してもらったんでしょう」

「それは、上海の男性は大変ですね」


赤と白の小さな灯台のようなものが左手に見えたところで、右側の建物に入った。入口の脇には「歴史建築」という金属板が掲げられており、中に入ると、これは本物だろう、深緑色の大理石に焦茶の木の重厚な内装と、金属枠にガラスを嵌めたレトロな照明が、租界時代からそのままの雰囲気かと思わせる。

やけに薄暗いエレベーターで最上階に上がると、そこは西洋式のレストランであった。店員と中国語で話した先生が、「オープンテラスでいいですか？」と聞く。

「大丈夫です。先生こそ、日焼けとか気にしないんですか？」

「上海の秋は短くて、すぐ寒くなっちゃうんです。こんな気持ちのいい天気は、エンジョイしないと」

テラス席からは、南北に伸びる黄浦江と、その左右の浦東と外灘が一望できた。白い遊覧船や、黒い何かを満載した貨物船が行きかう黄浦江は、先ほど外灘の大通りからは、川沿いの堤防のようになった遊歩道にさえぎられて見えていなかった。川の水は泥色だが、その上の空が広い。常に高層ビルに囲まれているためだろう、久しぶりにちゃんと空を見た気がする。

ウェイターが持って来たメニューは、片面が英語で、もう片面が中国語になっている。

「中国語でオーダーしてみましょう」と先生。仕方がないので、メニューを読もうとしてみる。

「三文鱼意大利面」イタリア麺というのは、パスタだろう。

「三文魚ってなんです？」

「サーモンですね」

「こちらの漢堡というのは？」

「ハンバーガーです」

「知らない単語が多すぎます」それなりに毎日頑張っているつもりだが、実用レベルには程遠いという挫折感がある。

「単語は、五百も覚えれば、日常生活で使う用語の九割はカバーできます。一日二十単語ずつ覚えたら、わずか二十五日ですよ」

そう言われると、簡単に思えてくる。この先生、人を乗せるのが上手い。

「これは分かるでしょう?」と先生が指さしたのは「啤酒」。ビールだ、プリントに出ていた。

オープンテラスという場所に合わせて、ハンバーガーとビールにしよう。メニューを指さしながら「汉堡,啤酒」と、脂汗をかきながら注文を済ませる。

隣のテーブルでは、三十代くらいの男女がなにやら口論をしている。

女性がピシャリと言い、男性がボソボソと答える。

何の話かは分からないが、女性の声が一段と高くなり、一方的にまくしたてると、男性の方は黙り込んだが、怒るでも拗ねるでもなく、淡々と食事を続けている。

「中国の女性は強いですね」会社でも、林課長や女性スタッフの方がしっかりしていて、日本人幹部にも比較的いろいろ言ってくれる。ハオ課長は言葉があまり通じないから仕方がないのかもしれないが、日本語が出来る男性スタッフでも、あまり自分の意見は言わないか、言うにしても話がぐるぐる回って、何が言いたいのかはっきりしないことが多い。

「そうですね、日本人の女性は、特に男性の前だと、遠慮するというのか、あまり自分の意見を言わないところがありますね」

「そういう意味では、日本では男女に限らず、常に遠慮、配慮、気遣いが求められるところがありますよ。中国では、あんまりそういうのが要らないので楽です」

「中国でも、地方によっていろいろ気質が違うって言われていて、北方の人は、思ったことを何でも言っちゃうけれど、上海人はいろいろ気遣いをする、って言われているんですよ」

「そうなんですか。先生は上海人でしたっけ?」

「ええ、生粋の上海っ子です」

「でも、先生は日本にいたからか、ちょっと日本人っぽいところもありますね」

彼女は、笑って首をかしげている。褒め言葉のつもりだったが、微妙だっただろうか。

「どうでしょうね、日本語を話していると、お淑やかになるのかも。中国語で話す時は、ぜんぜん違うかもしれませんよ」


そんな具合に、レッスンだかデートだかよく分からない、顧先生との楽しいセッションが毎週続いた。場所は、フランス租界でのアフタヌーンティーだったり、中華式の茶館だったり、浦東の高層ビルに入っている展望レストランだったりする。上海のいろいろな顔を知ることができて、ありがたい。

よく分からないのは、彼女のスタンスだ。

好意を持ってくれているのは間違いないと思うが、その先に進展させようという意図は感じられない。中国語を教えるという態度は崩さないが、話が弾んだり食後の散策で時間が延びても、二百元しか受け取らない。

中国語を教えてもらい、あちこち案内してもらった上に、飲食代まで回り持ちであるから、あらゆる意味で、彼女の側の大幅な持ち出しである。だが確かに、毎回自分が出していたら、友人というよりも、付き合っているような感覚になっただろう。

「なんで、こんなに親切にしてくれるんですか？」と聞いてみる。

「二つ理由があります。一つは、日本でいろいろな人にとてもお世話になったので、中国に来た日本人には親切にしたいんです」きっぱりと言う。なるほど納得出来るが、なんだかつまらない理由である。

続けて彼女が声を潜め、内緒話のようにして言う。

「それと、谷口さん、私の好みのタイプなんで、特別です」

思わず、顔が赤くなる。

「ええと、ありがとう」

そう言ったきり沈黙していると、彼女が急に教師調の声に戻って言った。

「宿題を出します。『红颜知己』という単語について調べてくること」


帰宅してから調べてみると『紅顔知己とは、男性が自分の女性の友人で、恋人関係にはない良い友人を指す……親情、愛情、友情のどれでもない、第四類の感情』などとある。要するに、友達以上、恋人未満、という意味のようだ。

そんな関係を指す単語があるというのが面白い。

つまり、そういう関係として定義しようということだろう。実際、ちょっと特別な異性の友人がいると思うと、なんだかお得な気分になる。

⑨

会社で、いつも通り様々な事務処理に追われていると、ハオ課長が二枚の紙を持って相談に来た。一枚は生産管理部品質管理課の女性スタッフが起票した「请假单」(休暇申請書)、もう一枚は医者の診断書で「患者怀孕五个月，诊断胎盘不稳定，因此建议休息五天」、妊娠していて、状況が安定していないので、五日間の休暇をとるように、と書かれている。

「これがどうしたの？」

「品質管理のジン課長、このひと休む三回目、多すぎる」とハオ課長が頑張って日本語で説明してくれる。同じような理由で、三回目の休暇申請なのだろう。

「ジン課長、却下したい」

「でも診断書に、こう書いてあるよね」状況が不安定だと医者に診断されている妊婦の休暇申請を却下したいという発想が、どうして出てくるのだろうか、理解できない。

ハオ課長が、助けを求めるように、林課長をみた。

「部長、診断書が本物かどうか分かりませんよ」と林課長。

「この診断書が偽物、ということ？」

「その可能性もあるし、知り合いの医者に頼んで書いてもらったのかもしれません。妊娠五か月なら、普通もう安定期に入っているはずです」小学校高学年の子供がいる林課長が言うと、説得力がある。ジン課長も、この休暇申請が本当に必要なものかどうか、疑っているのだろう。

「却下出来るの？」

ハオ課長が何か中国語で言い、「医院」と「電話」だけは聞き取れる。

「ハオ課長がインターネットで調べてみたところ、この医院は実在します。この医者が実際にその医院に在籍しているかどうか、電話して聞いてみてもいいか、と言っています」

言われてみると、診断書の末尾に、医者の名前らしきサインがある。

「なるほど、電話してみて、こういう名前の医者がいなければ、診断書が偽物だと分かる、ということだよな」

「医者がいても、本当にその人が書いたかどうかは、分かりませんよ」と林課長。さらに言えば、医者本人が書いたとしても、本当に休暇が必要な状況かどうかは、また別の話ということだ。

「診断書が偽物だと証明できなければ、却下は難しい、ということでいいんだよね」

二人の課長が頷く。

「その場合、私が面談してみるよ。体調が安定しないようなら、会社としても心配なので、より責任と負荷の少ない仕事への配置転換はどうか、と提案することにしよう」

要するに、不要な休暇を申請しているようなら、ポジションを外すぞ、と示唆するわけである。いかにも悪徳管理職のような嫌な役回りだが、直属の上司と人事課長が不適切な申請だという心証を持っている以上、牽制くらいはしておくべきだろう。

席に戻ったハオ課長が、林課長と話している中に、「グーコウ部長」と聞こえる。部長を付けてくれているのが、なんとなく来たばかりの頃に比べると、尊重されている気がする。

メールの処理に戻ると、また本社からの問い合わせが来ていた。

電気・ガス・水の使用量について、請求金額を単価で割って先日報告していたが、それでは使用月とずれて不正確であるので、本当に使用した量を計算して欲しい、と言ってきている。なんでも、環境報告書に記載するデータの基礎数値らしい。

原価計算には当月の請求金額を用いて配賦している。対外的に公表する資料として、財務諸表の方が、環境報告書よりも上だと言うつもりはないが、二つの重要な報告書の間で、異なる期間の数字が使われるというのも、違和感がある。

しかし、海外の工場が一つ、そんなことを言い張っても、本社の担当者を困らせるだけだろう。

本社では管理会計課長として、様々な拠点や子会社に、予算管理に関する様々な連絡をしてきた。それを受け取る側になってみると、予算や環境、リスク管理や内部監査、法務に人事など、唖然とするほど多種多様な指示・要請・問い合わせがくる。しかも、その多くは、本社側の意図をくみ取って、納得してもらえる形で返さなければならないため、ローカルのスタッフには任せられない。

今回の電気・ガス・水の使用量について、先方の言う通りに、実際の使用量を報告するとなると、これは管理では数字を把握していない。現場の方に記録があればいいが、新たに記録してくれ、と頼むと嫌がるだろう。無理にやらせると、いい加減な数字を出してきかねないが、そのあたりの中国での難しさは、本社の担当者に説明しても理解してもらえない。

溜息をついて、仕事あがりにでも、酒井部長に相談すべき事項として、脳裏にメモする。


次のメールを開く。

長文の中国語で、目が痛い。林課長を呼ぼうかと思うが、いくつかの語句が気になり思い止まった。

「公司日方管理层，有的从供应商接受现金……」日本人幹部に、仕入先から現金を受け取っている者が居る、と書いてある。

日本人幹部は、四人しか居ない。そのうち、自分は身に覚えがないので、小野総経理、酒井部長、粟野部長のうちの誰かということになる。そんなことがあるだろうか。しかし、酒井や粟野の金遣いは荒い。有り得ないとも言い切れない。胸の中に、胃もたれのような不快な感触が広がる。

差出人は書いておらず、電子メールはフリーメールアドレスだ。中国では、ビジネスにフリーメールが用いられるケースも少なくないが、文章の雰囲気からして、外部からというよりは、社内の人間が特定されることを避けて、フリーメールアドレスから出しているような印象を受ける。

困った。仕入先を管理しているのは資材課で、生産管理部長の管轄であるが、粟野と話すのは、最後の手段だろう。かといって、林課長やハオ課長も含めて、社内に伝えてしまうのも得策とは言えまい。

秋も深まり、上着を着ないとうすら寒い建屋の外に出て、携帯で東莞の前田に掛ける。

日本人幹部という部分だけは言わずに、そういうメールがあったと説明すると、前田は、相変わらず明るい声で、「そんなのしょっちゅう来ますよ。いちいち気にしていたら、キリないっす」と言う。

そういうものだろうか。自分としても、他の日本人が不正に関わっているとは思いたくないが、このまま放置してしまえば、ずっと気持ちの悪さが残るだろう。

以前と同じような手順で、販社に電話し、水野に取り次いでもらう。

「そういう時はですね、会社として、通報を真摯に受け止め、鋭意調査を行うので、仕入先の名称や弊社の関与者など、詳細な内容を教えてください、という具合に返信をするんです。そうすると、だいたいもう次のメールは来ないです。もしさらに返信が来たら、その情報に応じて、調査を進められます」

そういう水野の声は、相変わらずどこか得意気だが、今回ばかりは気にならない。さすが法務の出身というべきだろう、対応方法のアドバイスが実際的である。

「ありがとうございます、それでやってみます」と言って電話を切ったあと、はたと困る。

自分一人で、まともな中国語の返信が書けるはずもない。

水野、またはその部下に返信を書いてくれ、というのはさすがに頼みすぎだろうし、もし頼むとすると、日本人幹部が挙げられていると伝えないわけにはいかなくなる。

考えてみると、発信者が社内の人間であれば、私が中国語を少し読めるだけの日本人だというのは、知っていたはずだ。日本語で返信してもいいのではないか。

しかし、発信者がある程度日本語が出来るとすれば、日本語のレベルや癖で、特定されるのを避けて、敢えて中国語で書いてきたことになる。日本語に対して返信をすれば、少なくとも日本語が読めるというのは分かってしまう。返信が来ない可能性が高くなるだろう。

そうだ、顧先生にお願いしよう。


ひとまず対応の方向性が決まり、すっきりした気分でオフィスに戻ると、ハオ課長が待っていた。

「谷口部長、医院に電話した。医者はいます」

まあそうだろう。

本人とジン課長は、出勤しているという。対応は速いに越したことはない。

まずはハオ課長に頼んで、改めて当人の人事記録を確認する。

氏名は金雪琴、大変なキラキラネームだ。江蘇省南通市出身、二流どころの上海の大学を出て、新卒で入社し、勤続四年。日本ではまだ新人に近い扱いをされる年次だが、ここではもう立派な中堅である。処分歴等はなく、人事評価も一貫して高い。

さらに、人事記録には「政治」という欄があり、「共産党員」と書いてある。それでは、特別に気を遣う必要があるのか、と聞くと、ハオ課長は、少し考えて首を横に振った。聞いてみると、社内に十数人、共産党員が居るという。だが勤務において、また人事・労務上、何も特別な扱いはないらしい。

社内には労働組合もあるが、毎月給与総額の数パーセントを別途、組合費として会社が振り込んでいる他は、特に意識していなかった。労使関係は円満、いわゆる会社の御用組合と言えるだろう。そのあたりは、日本の多くの会社と変わらないが、違うのは管理職もみな組合員である点で、組合長は製造部の副部長が兼務している。

寡黙そうな男性のジン課長、林課長、ハオ課長と共に、本人との面談に臨む。

小柄な女性で、思ったよりも朗らかな印象である。

「金さん、この休暇申請についてなんだけど」林課長が訳すと、それだけで何か快活に回答した。

「部長が言うなら、休まなくてもいいです、だそうです」、と林課長が言うので、あっけにとられる。

林課長が、「什么情况?」(どういう状況?)と彼女に聞く。

初めての妊娠なので、両親と夫が、仕事よりも身体を優先するように、と言っている、とのことであった。本人はあまり休む必要を感じていないのだろう。

中国は日本よりもずいぶんと緩いが、それでもパワハラととられるような発言はできない。部長が休むなと言うので休まない、と言い回られても困る。

「まあ、最終的には自分で判断してもらったらいいんだけど」

結局のところ、診断書は頼んで書いてもらった類だろうが、それを今更言っても、何も生まれまい。

「ただ、あまり休みが多くなるようなら、配置なんかも調整しなければならなくなるかもしれないから、そのあたりもよく考えてね」と、いささか後味は悪いが、言わなければならないことを言って、面談を終えた。

⑩

上海の冬は、東京よりも底冷えがする。魚が美味い季節になってきたが、上海のスーパーマーケットでは食欲をそそる鮮魚にはお目にかかれない。

今日は粟野の誕生日だというので、いつもの居酒屋ではなくて、寿司屋に来ている。

白木をふんだんに使った店内の内装は、日本にある高級店だと言われても違和感がないが、客はむしろ中国人の方が主で、その多くは上海人である。最近は、いわゆる中国語である普通話と、上海語との違いが分かるようになってきた。知っている単語が出てこないだけではなくて、上海語の会話のイントネーションは、なんとなく日本語に似ている。

隣のテーブルでも、数人の上海人客が、大吟醸を一升瓶から酌み交わしている。日本でも決して安くはないが、ここではその数倍はする代物だ。見栄もあるかもしれないが、実際に裕福なのだろう。

カウンターの中の大将は日本人だが、若手の職人はみな中国人だ。彼らが握る寿司の味も、上海人の好みに合わせてシャリが甘めで、メニューには、三文魚（サーモン）がトップに載っている。

締めの握りが出ると、そろそろカラオケの時間ということだろう、粟野と酒井が携帯を取り出してソワソワしだす。

総経理が、「今日は付き合うよ」と言うので、四人で行く流れになる。

このカラオケ店に二度目に来た時に、目があったエイコを指名しないわけにもいかず、携帯番号を交換して、時折ショートメッセージでやりとりしていた。その後も何度か、粟野・酒井と共に来ていたが、総経理も一緒に来るのは初めてである。

総経理についた女の子は、ミサキという源氏名の、しっとりとした大柄な美人だった。滅多に店に来ないのに、なぜかやたらと親しげである。

例によって、粟野が解説してくれた。「総経理と彼女、一緒に住んでるんですよ」

それは知らなかった。道理で、店に来る必要がないわけだ。小野は、栃木弁さえ出なければ、見た目はロマンスグレーである。若い子にモテても不思議ではない。

細身の彼女が、小さなケーキとシャンパンを持って来た。細い蝋燭が一本だけ灯っている。

粟野が嬉しそうだ。それにしても、このちょっとしたサービスをしてもらうために、どれだけ貢いできたのだろうか。

粟野が入れ込んでいる彼女は、昼間は名の通った大学の日本語学科の学生で、夜は日本語の実地トレーニングと小遣い稼ぎを兼ねて来ているのだそうだ。田舎から出てきて、あまり学歴は高くない女の子が多い中では異色である。身持ちが固いのも無理はない。

女の子たちが中国語でハッピーバースデーを歌い、日本語で男性陣が加わった。

ケーキが片付くと、いつも通りしばらくそれぞれで話す。

エイコを相手に、中国語の会話を試みる。知っている単語はかなり増えてきたが、話すとなるとまだ幼児レベルで、職場で使う度胸はないが、ここでは気兼ねなく練習出来る。支払う金額を考えると、ずいぶんと高い練習料ではあるが。

「衣服変了」（服が変わったね）この間までは、白地にピンクの花柄のチャイナドレスを着ていたが、今日はどの女の子も一斉に光沢のある青いドレスのような洋装に変わっていた。背中は大きく開いているが、下は床につきそうなほど丈が長い。

「何、分かんない」言葉はキツイが、悪気はなく、いつも辛抱強く付き合ってくれる。

漢字に書くと、ああ分かった、「这是这个月的衣服，可贵的」（これ今月の服、高かったのよ）と言う。カラオケ店の女の子たちは、揃いの制服を着ているが、毎月変わり、その費用は負担させられるとのことである。

「多少钱？」（いくら）

「四百。好看吗？」（四百元。どう？）

「好看」（いいね）

「今天我有事情要与你商量」（今日はちょっと相談したい事があるの）めずらしく、彼女の方から何か言いたい事があるらしい。

エイコが耳元に口を寄せ、「我需要钱」（私お金が要るの）と囁く。

そう言われても。

困惑してエイコの顔を見ると、「今晩带我回去吧」（今晩、連れて帰ってよ）と言った。つまり、酒井がしょっちゅうやっている、お持ち帰りというやつだ。

改めて、エイコが若くてスタイルも良いのを意識する。酒井の金髪のような華やかさはないし、粟野の細身のような洗練さもないが、健康な田舎の女の子という感じで、それなりに魅力的である。

「拜托你，我爸爸生病了，家里需要钱」（お願いします、お父さんが病気になって、家でお金が要るの）

中国のことだ、本当かどうかは分からないが、そうまで言われたら、応えないのも男気がない。見返りを求めずに小金をやるという手もあるが、聖人君子すぎて気持ち悪いだろう。

考えてみると、そういうのにあまり興味がないのかと思っていた総経理も、よろしくやっている。

しかし、もうすぐ家族が来るサービスアパートの部屋に連れ込むのは、まずいだろう。

「エイコの部屋でいい？」

エイコが頷く。

「いくら？」

「一千五，可以吗？」千五百元、相場通りだ。お金が要るという割には、ふっかけて来ない。

「好的」（いいよ）

彼女の手を取ると、汗ばんでいる。こちらもそうだが、彼女にとっても、平然と交渉できる内容ではなかったらしい。

エイコの住んでいるのは、店からほど近い、小区（アパート群）だった。

まばらな蛍光灯の下を、白い息を吐きながら歩き、暗い棟の一つに入ると、オレンジ色の薄明かりに照らされた階段や踊り場は、暗灰色の埃がべっとりとついて汚い。壁には、缶詰の通信販売から、「建设文明小区……」といったスローガンのようなものまで、色褪せた張り紙がベタベタと貼られ、床には、いつからそこにあるのか分からない古い木箱や、錆びた金属製の何かが置かれていて通りにくい。

エレベーターはない。少し息を切らしながら四階まで登り、エイコが部屋の入口の鉄格子と、合板の木扉を開けると、その中は、狭い居間で、階段や廊下に比べれば、ずいぶんとさっぱりしているが、片付いているというよりも、物があまりないのだろう。台所などの水回りには、黒ずみが目立つ。

居間からは、二つの個室につながっているらしい。ドアの片方は閉まり、明かりが漏れていた。

「もう一人、女の子いるけど、気にしないで」とエイコ。

二人でシェアして住んでいるのだろう。

「家賃はいくら?」と聞いてみる。

「二人で三千六百元」

サービスアパートメントに比べると格段に安いが、この部屋の様子からするとそんなものだろう。彼女たちのように水商売をしていればともかく、月給四千~七千元の普通の仕事では、ここに住むのもやっと、ということになる。

実際、会社でも地方出身のスタッフは、こういうところか、もっと安いところに住んでいるのだろう。一方で、上海人のスタッフには、両親から譲られた部屋が複数あり、その家賃収入だけで、会社の給料よりもよほど多い者も居る。こちらの従業員が、案外とのんびりしているのには、そういう背景もあるのだ。

エイコが明かりのついていない方のドアを開けると、その中には、赤と白のカバーのかかったダブルベッドと、化粧品のたくさん載ったナイトテーブルがあり、女性の部屋らしい。

「何か飲む?」

「今はいいや」冷蔵庫に缶や瓶の何かがあればいいが、あの台所を使うのであれば、遠慮したい。

身を寄せてくるエイコの鼓動が早い。

やはり単にカネの為だと割り切っている、という感じではない。それに、しょっちゅういろいろな客を引き入れているという訳でもなさそうだ。カネが必要な状況が続けばどうなるか分からないが、少なくともこれまでは。

久しぶりの人肌が暖かい。

薄い壁を隔てた隣の部屋から、ゴソゴソ音が聞こえてくる。こちらの音も丸聞こえだろうが、若い女の子だと考えれば、それもまた一興だと思う自分は、ずいぶんと人の多い中国に慣れたのだろうか。

⑪

冬晴れの高架（高速道路）を、タクシーで浦東空港に向かう。空には雲一つないが、スモッグでどんよりとした青灰色をしている。

とうとう家族が来るのだ。

同様に到着待ちの大勢の中国人の後ろから、ばらばらと出てくる人の列を眺める。飛行機は時間通りに着いたが、入境と荷物のピックアップにはしばらく掛かる。

二人が出て来た。

「慶太！」三か月見ていなかっただけだが、少し大きくなった気がする。

「パパ！」五歳の息子の笑顔に、胸が温かくなる。純子にはちょっと言えないが、この三か月、純子はともかく慶太に会えないのが寂しかった。

そのすぐ後ろでスーツケースを引っ張る純子にも手を振る。こちらでは昼間から丁寧に化粧をしている女性が少ないこともあるが、目鼻立ちが整って十分に若く見える。これも今更言えないが、連れて歩くのはちょっとした自慢である。

慶太を抱きしめ、純子が持っていたスーツケースを引き取った。

「タクシー？　タクシー？」と声を掛けてくる客引きに、「不用、不用」と答えて通り過ぎる。こういうのに着いていくと、メーターを使わない交渉になり、ぼったくられる。

多少なりとも中国語が出来るところを見せた格好だが、二人とも、特に感心した様子もない。

「トランクルームと船便への荷物出し、大変だったわよ」

「お疲れさん」

「炊飯器、本当に要らなかったかしら」

「電圧が違うからね。こっちで買った方が安いよ」


サービスアパートメントに着いて、とりあえず荷物を降ろす。

「広いー」と、慶太が喜んでいる。

「なあ、景色がいいだろう？」

「そうね、でもちょっと高すぎて怖いわ」

そういえば、高層マンションに住むのは初めてである。慶太は抱き上げてやらないと、外を見られない。

高層階にしたのは、自己満足に終わったらしい。

「掃除が週に三回、シーツとタオル交換が二回あるよ」

「それは助かるわ」

「飯食いに行こう」

フリー雑誌を片手に、有名な広東料理の店に行く。

第一印象は重要である。家族での最初の食事は、綺麗な店で、味も淡泊で無難な広東料理にしようと決めてあった。一度だけ来たことのあるこの店は、現地の中華料理としては高めだが、日本の感覚では十分にリーズナブルだ。メニューの最初にある、フカヒレや燕の巣を頼まなければ、の話であるが。

看板メニューである上品なダシが効いた烏骨鶏のスープに、チャーシュー、チャーハンなど二人の好きそうな、かつ自分が中国語で読める料理を頼む。

今度は、純子の注意を引いたらしい。

「三か月居ただけなのに、中国語で注文が出来るのね」

「うん、頑張って勉強してる」

「いいわね、私もやろうかしら」顧先生を紹介するのを想像して、微妙な感覚に襲われる。やましいことは基本的にはないので、絶対にダメというわけではないが、女性同士でツーカーになられても困る。やっぱりやめておこう。

「奥さん連中は、大学の外国人向け中国語クラスに入る人が多いみたいだね」

「ええ、この年になってまた大学?」と言いながら、嬉しそうである。

「慶太の幼稚園も、せっかくだから日系じゃなくて、インターっぽいところはどうかな」粟野から、家族が帰国するまで下の子供が通っていた、華僑系の幼稚園を教えてもらっていた。学費も日系と変わらず、会社からの補助で賄える。

「いいんじゃない」

慶太は、聞こえているのかいないのか、広東風の甘辛いチャーシューをパクついている。

「何これ」純子が、虫でも見つけたような声を出した。

何かと思えば、フリー雑誌の裏表紙にある、カラオケ店の宣伝を指さしている。ピンクの字体で大型店の名前と、ミニスカートの若い女の子たちの写真が載っている。

目ざとい。

「フリー雑誌だよ、中見てみな、いろんなお店が載ってるから。こういうの、無料で貰えるから助かるよ」

眉をひそめながらページをめくった妻が言う。「あら、ここ行ってみたいわね」中心街に新しくできたショッピングモールだ。洗練されたデザインの楕円形の吹き抜けに、エスカレーターが縦横に架かり、その周りにはブランドショップやカフェが並んでいる。

「そうだね、次の週末にでも行こうか」

ふう、心の中だけで冷汗をぬぐう。


かくして、家族三人での上海暮らしは順調にスタートした。

純子は、逞しく一人で近所の外資系スーパーで買い物をして、食器や食材を買って来て料理を作り始めた。単身赴任の三人に付き合えなくなったのはいささか残念だが、外食ばかりの毎日に飽きていたので、手料理が嬉しい。

さっそく少し下のフロアの日本人の奥さんと仲良くなったらしい。近所づきあいが煩わしいと言っていたが、やはり奥さん友達が居たほうがいいようだ。

「山田さんのところも、小学校一年生の女の子がいらっしゃるのよ。虹橋の日本人学校に通ってるんですって。男の子だったら、慶太も一緒に遊べたのにねえ」

「向かいのモールに入っているスーパーね、あなた行ったことある？　物はいろいろ置いてあるんだけど、どうにも扱いが雑っていうか。魚コーナーなんか、変な魚がいっぱいいて、死んで浮いているのもそのままなのよ」

　おしゃべりが止まらない。三か月間の気儘な一人暮らしがちょっと懐かしくなる。

「そういえば、今日の午後ね、いい年した日本人のおじさんが、若い子連れてるのにエレベーターで会ったんだけど、いやらしいわね。家族連れも住んでいるのに、どうかと思うわ」

　やはり、他の三人の駐在員と、同じサービスアパートメントにしなかったのは、大正解だった。


　慶太の幼稚園が始まった。

　通園バスが、サービスアパートメントの下まで迎えに来てくれるし、給食もあるので助かる。中国では、共働きが当たり前なので、親の負担にならないように諸事配慮されているのだ。

「慶太、幼稚園はどうだい？」と聞いてみる。

　少し間が空いて、「日本に帰りたい」と言う。

　純子と顔を見合わせる。

「どうして？」

　純子が聞いても、慶太は曖昧な顔をして返事をしない。この子は、頭は良いのだが、おっとりしていて、自分の好みや意見をはっきり言わないことが多い。

「友達がいないから？」

　首をかしげている。

「言葉が分からないから？」

　慶太が頷いた。

「ああ、それはそうだよね。でも、日本語の幼稚園に行っちゃうと、その先日本人学校しか行けなくなる。中国語が出来るようになると、選択肢が広がるよ。どうしても嫌なら考えるけど、せっかく中国に来たんだから、もうちょっと頑張ってみたら？」

　小さく頷くので、ひとまずは保留にする。

　しばらく前から、一人で寝るようになっていたが、今日は久しぶりに、一緒にベッドに入って寝かしつけてやる。

「ねえパパ、絵本読んで」

　まだ船便が届いておらず、日本からハンドキャリーしてきた絵本は数冊しかないので、自分でもう何度も読み返している。それを敢えてまた読んで欲しいというのは、明らかに甘えているのだ。

「いいよ」

　丁寧に読んでやる。


　慶太が寝付いたので、抜け出してくると、純子が居間でフリー雑誌を見ていた。

「マッサージ、安いわね。自宅に来てくれて、一時間百元ですって」

「どれどれ」純子の開いたページを見て、ほっとする。どうやら健全な店のようだ。

　フリー雑誌のもっと後ろの方には、カラオケ店に混じって、サウナや性的なサービスを売りにしたマッサージ屋の広告もある。

「二人で一緒にどう?」純子は、マッサージが好きだ。

「ああ」

電話を掛けると、日本語雑誌に広告を載せているだけあって、片言の日本語で対応してくれる。これくらいの要件なら、中国語でもなんとかなるかもしれないが、相手の顔が見えない電話で中国語を使うのは緊張するので助かった。

二十分ほどで、ヨレた制服を着た二人の女性が来た。若くはないが、化粧をしている。

ベッドでもいいが、柔らかすぎるかもしれないと言うので、暖房を強めに設定し、床に毛布とタオルケットを敷いて、二人並んで横になる。

やはり家だとリラックス出来る。街にはマッサージ店がたくさんあるが、見知らぬ薄暗い場所に入って、服を着替えて無防備で横たわる、という段取りがあまり好きではない。だが、家に来てくれるのあれば、悪くない。

純子が隣で寝息を立て始め、しばらくすると、マッサージをしてくれている女性が、顔を寄せた。

「要不要特服」

「什么?」(何?)雰囲気がおかしい。

「就是,特别服务」(だから、特別サービスよ)。マッサージ店でよくある、手でのサービスだろうが、妻が隣にいるのに、何を考えているのだろうか。

純子の方に顔を向けて戻す。

「她在睡觉」(寝てるわよ)

「不要了」(いらないよ)

「只做普通的按摩，不合算，你知道吗」（普通のマッサージをするだけだと、割にあわないのよ、分かる？）

なるほど、そういう事情で安いのか。

「还是不要了，不好意思」（やっぱりいらないよ、悪いね）

残念だが、家に来てもらうマッサージはこれきりにしよう。

⑫

万博が四か月後に近づいているからだろう、街のいろいろな所が急ピッチで変わっていく。

「做可爱的上海人」（愛される上海人になろう）というちょっとイタいスローガンがあちこちに掲げられ、大きなロータリーや政府関係の建物の前には、いつの間にか、青いひしゃげた三角形のような、万博のマスコットが置かれている。海宝とかいう名前で、漢字の「人」を象っているらしい。

職場に行く車の中で、総経理が言った。

「最近、クラクションを鳴らす車が減ったなあ」

「公安に見つかると、罰金二百元とられるそうですよ。うちのジン課長がやられたって言ってました」粟野が言う。

「罰金の効果か、テキメンやな」酒井は、どんな話題でもとりあえず突っ込んでくれる。

「地下鉄もだいぶ変わりましたよ。プラットホームに指導員が居て、降りる人が先、乗る人が後、って大声でどなるものだから、みんなそうしてましたね」

顧先生の中国語教室は、相変わらずあちこち場所を変えて行われているので地下鉄を使うことが多い。

先週末は、田子坊という石庫門造りの古い建物がごちゃごちゃと立ち並んだ場所の奥にある、隠れ家的なカフェだった。

「地下鉄の駅のエスカレーターでも、ちゃんと右側に立って並んでいるんですよ。中国人がちゃんと列を作ってる、ってびっくりしました」

「やれば出来るやん。右側に立って、大阪のエスカレーターと同じやな」

「そうなんですか？　車が左側通行だからじゃないですかね」

「変わったと言えば、先週、四半期報告で本社に行って帰って来た時に、入国審査の担当官が、笑顔でウェルカムって言うんで、驚いたよ。頑張ってるな、とは思うけど、にこやかな役人ってのも、なんだか気持ち悪いなあ」と総経理。

「役人と言えば、商社の人が言うてましたけど、道路でバイクに当たられて、１１０番で公安を呼んだんですて。ほんで、警官が帰ったら、ショートメッセージで、ただいまの警官のサービスは良かったですか、ってアンケートが来たそうですわ」

「それもすごいな」

「電話と言えば、スマートフォンが増えて来ましたね」

「そうそう、これ便利やで。地図で現在地も見られるし」

粟野と酒井はしばらく前に、女の子にせがまれて、彼女たちだけに買うのもなんだというので、自分たちの携帯もスマートフォンに替えていた。と言っても、駐在員の携帯は会社からの貸与であるから、手配をしたのは管理部である。

管理部でも、米国製や中国製のスマートフォンを持つ者が増えている。価格は、安いものでもスタッフの給与一か月分に近いが、見栄っ張りなところがある彼らは、多少無理してでも買うのだろう。

林課長がたびたび勧めるので、自分の分もスマートフォンを用意してもらった。

届いた携帯に、早速、なにやら中国語のアプリを入れてくれる。グループコミュニケーションのツールらしい。「管理部」という名称のグループの中には、もうほとんどのメンバーが入っていた。

「欢迎」、「部长来了(*^_^*)」、「谷口部长，欢迎加入！」などと、これまでほとんど言葉を交わしたことのないスタッフまでコメントしてくれる。

時折、「今日は、子供の学校の要件で遅刻します」などと、業務連絡も入るし、「週末杭州に旅行に行ってきました」、とプライベートな写真を投稿する者も居る。

「部長はもう杭州に行きましたか？」とハオ課長に聞かれたので、「没有，そのうち家族を連れていくよ」と返事をした。

会社では無口な印象のあるハオ課長は、少々意外にも、グループチャットでは積極的で、メンバーの投稿にレスを付けたり、有給休暇の残日数をお知らせしたりしている。

ハオ課長が、写真をシェアした。書類の一部らしく記入欄のタイトルは「离职原因」(退職理由)、欄の中には太字の達筆で「世界这么大，我想去看看」(世界はこんなに広いから、見に行きたい)と書いてある。

しばらくして、スタッフの一人が「钱包那么小，谁都走不了」(財布はそんなに小さいのに、どこに行けるって言うんだい)と返した。

中国のネット上で流行っている警句らしい。本当にそういう理由を書いて、離職した人が居たのかもしれないし、誰かが作ったネタかもしれないが、それにしても、会社の上司や部下に共有するには、ずいぶんとブラックなユーモアではある。

全体に、日本における職場の感覚に比べて、ずいぶんと友達に近いノリで接してくれる。外国人の自分も受け入れてくれているようで嬉しいが、穿った見方をすれば、上司から指示されて仕事している、というよりも、友人に頼まれてやっている、という体裁を取りたいのかもしれない。

いずれにしても、このチャットアプリというのは便利なもので、急ぎでなければ、電話のように相手の時間を強制的に取ることもなく要件を伝えられる。しかも、グループチャットに流せば、ついでに部署の全員にお知らせ出来る。

週末にも遠慮なく連絡が来るが、苦にならない。むこうにとっても、週末に上司や同僚に電話をかけるより、ずいぶんと気が楽だろう。

⑬

大学のキャンパスには、世界共通で独特の雰囲気がある。

純子が今来ている交通大学というのは、なんだか変な名前だが、夫は中国有数の名門大学だと請け合った。広い構内のところどころにある地図を見ながら、外国人向けの中国語クラスが行われるという棟を目指す。たどり着いたのは古びたコンクリートの建物で、十数年前に純子が通っていた大学はミッション系の私学で綺麗なキャンパスだったが、当時付き合っていた彼氏の国立大学には、まさにこんな、おんぼろ校舎があったような気がする。

中国語のクラスは、八人ほどの少人数で行われ、当然だが、受講者はみな外国人である。ほっとしたことに、年上の生徒も居る。どこの国から来たのか、肌の色は褐色だが、頭髪の半分くらいが白い。中国人の先生は、それよりもさらに年上だろう。もしかすると、定年を迎えた教授がやっているのかもしれない。

硬い小さな椅子に座って授業を受けていると、学生になった気分がして、若返ったようでちょっと嬉しい。イタリア人の若い男が、授業中は寝ているくせに、その前後には、愛想よく声を掛けてくる。「How about coffee?」（コーヒーはどうですか？）ハンサムなので、悪い気はしないが、若い韓国人の女子二人組を誘った後で言われても、はい行きます、とは言い難い。


広い敷地の外に出るのも大変だし、せっかくなので大学を満喫しようと、構内の食堂に入ってみる。日本の大学の学食と、中国の街の安食堂を足して二で割ったような雰囲気で、大いに食欲をそそるとは言い難いが、牛肉面が八元と安い。

甘辛い汁が服に飛び散らないよう、慎重に啜っていると、すぐ近くに座った男子学生が、柔らかい内気な感じの中国語で話しかけてきた。

まだ習い始めたばかりで、会話などとんでもない。目を丸くして首を横に振ると、英語に切り替えてきた。

「Where are you from?」（どこから来たの？）

英語は一番の得意科目だったが、実践的な英会話はほとんど経験がない。

「ええと、from Japan」冷汗をかきながら回答する。

「何を勉強しているの」、と聞かれるので、「中国語」、と答えると少し驚いたような顔をした。

「本科生かと思った」と言う。本科生であれば、十八歳から上は多くても二十三、四歳のはずだ。

「そんなに若く見える?」と聞くと、真面目な顔で、「二十歳くらいに見える」と言う。

お世辞だろうが、十歳も若く見られて、嬉しくならない女性はいない。

この学生、改めて見ると、中性的な感じの整った顔立ちをしている。線が細いので、十六歳くらいに見えるが、やはり二十歳くらいなのだろう。

優しい雰囲気なので、警戒もせず、思わず話し込んでしまった。お互いに、英語がネイティブではないので、簡単な単語ばかりを選ぶからか、会話をするのもそれほど難しくない。

彼は、湖北省から出てきて、エンジニアリングを専攻しているらしい。

こちらは夫の駐在について上海に来たばかりで、いろいろ慣れない、と言うと、「自分で良かったら、なんでも聞いて」と親切そうに微笑んだ。

別れ際に、電話番号を交換しようと言われて、初めて名前を聞いた。レオンというのは、いわゆる英語名というやつだろう。


あれは、ナンパだったのだろうか。

浮きたった気分が数日続き、それが薄れた頃に、レオンからメッセージが入った。

「次はいつキャンパスに来ますか? 良かったら、食事をご一緒しましょう」

不覚にもドキドキする。ろくに知りもしない外国人男性と、待ち合わせて食事などして大丈夫だろうか。だが少なくとも、悪い人ではないだろうという確信はある。

夫の直人に言うのは、ちょっとためらわれるところだが、彼のスマートフォンの待ち受け画面にも、女からとしか思えないメッセージが表示されていたのを見かけている。奥様友達から、男たちがカラオケなるものに行くと聞いているし、問えば、仕事上の付き合いでそういうところに行っているだけだ、と言うだろう。朝帰りするようなこともないので放置しているが、気分は良くない。

私だって、食事をするくらいは構うまい。

こちらの授業が終わるのを、前回会った食堂で待っているというので、てっきりそこで食事にするのかと思ったら、そうではないらしい。挨拶を交わして、キャンパスの外に出ようというのに着いて行く。

「それ、持つよ」と、純子の持つ小さな布製のカバンを、持ってくれようとする。

「え、いいよ」中に入っているのが、教科書とノートだけならまだしも、財布と化粧ポーチも入っている。

「中国では、男性が女性のカバンを持つのが普通なんだよ」

「本当に?」こう言ってはなんだが、彼の腕の方が、自分のよりも細そうだ。

「うん。ほらみて」

キャンパスを歩くと、確かに、男性が自分の分を背負い、女性の分のカバンも持っているカップルがいる。

「ほらね」と、レオンがあくまで持つと言い張るので、持ってもらうことにする。エスコートされるようなカップルになったつもりはないが、それでもやっぱり、悪い気はしない。

中華風の校門を出て、さらに少し歩いて着いたところは、きらびやかな内装の割には高級感のないステーキハウスで、台湾系の店らしい。価格はそれほど高くないが、彼は「美人に来てもらっているんだから、僕がおごる」と言う。

「年上なんだから、私が払うよ」と遠慮すると、「それじゃ、レディファーストね。次回は僕がおごるから」とあっさり引き下がった。

最初に出て来たシーザーサラダはごく普通だが、つづけて出て来たのは中華風な手羽先の煮込みと、キノコのマリネのような料理であった。中華と洋風の折衷らしい。

レオンが、「中国語って、どんな勉強をしているの」と聞いてくるので、教科書を出すと、ふむふむ言いながら見ているが、彼にとっては子供じみた内容なのは間違いない。恥ずかしくなって、早々にカバンに仕舞った。

いろいろと聞かれるままに、埼玉のベッドタウンで育ち、中高と女子校に通い、東京のそこそこに名の通った私立大学に入学して一人暮らしを始め、就職してから社内で今の夫と知り合って結婚し、男の子が一人いることなどを話す。英語を使うのにも慣れてきて、普段は使わない頭のパーツが刺激されているようで、楽しい。

自分のことばかり話しすぎじゃないか、と思うが、レオンは時々コメントを挟みながら、ニコニコして聞いてくれる。

中国には、男子校・女子校はほとんどないらしい。

息子ができた後、仕事を辞めて専業主婦となっていると話すと、「なぜ仕事に戻らないの？」と、そこだけは真剣な顔で聞かれた。

日本では、結婚や出産を契機に仕事をやめる女性が多いと説明すると、中国では、子供の面倒は祖父母に任せて、仕事を続ける女性が大多数との話であった。

「ジュンコは、頭も良さそうだし、家で家事をしているだけなんて、もったいない」と言われて、ふと焦りを覚えた。そうかもしれない。一般職・総合職といった区分のない会社だったし、仕事ぶりもけっこう評価されていたと思う。キャリアウーマンとしての道を歩んでいたら、どうなっていただろうか。

メインの牛肉は、八角の匂いがするスパイシーなタレに漬け込んでから焼いたもので、美味いのだが、これがステーキなのか、という違和感がぬぐえない。

デザートのケーキはまた普通だった。

食事が済むと、地下鉄の駅まで送ってくれて、すっと自然に手を握り、「じゃあ、またね」とあっさり別れた。スマートなんだかローカルなんだか、良く分からないデートだったな、と思う。多分その両方なのだろう。年はずいぶん下なのに、やけに包容力があって、とてもいい気分にさせてくれる。だが、女性に気を遣いすぎ、と言う気もする。中国人の男性はみんなこうなのだろうか。

⑭

慶太は、上海に来てから、幼稚園がキライになった。

言葉が分からないのはもちろんツライが、それだけではない。日本では、先生からも他の園児からも、いつどのように振舞えばよいのか期待されていた。といっても、だいたいは、おとなしくしていればそれで済むが、とにかく、自分の居場所があるという安心感があった。

ところがここでは、誰も何も構ってこないし、ほとんどどのように振舞っても、叱られることがないようで、自由であると共に、常に無視されているような気持ちになる。

例えるなら、狭くて足の届く子供用のプールから、広い大人用のプールに放り込まれて、しかも掴むところがないような感じだろうか。

クラスには他に、日本人の女の子が一人いたが、慶太が日本語で話しかけると、周りを憚って嫌そうな顔をした。

この幼稚園では、中国語が多いが、時々英語のレッスンもある。それ以外の言語で話すのは、推奨されていなかったが、実際には、他の園児たちは、特に先生のいないところでは、それぞれの母国語で遠慮なく話している。

周りと違うことを気にする必要はなさそうなのに、いかにも日本的な配慮で、日本語を話さないというのは、どうにも矛盾していないか。


ただでさえ溺れそうになっている慶太に、押し寄せてくる荒波まである。

それが、いま目の前を歩いている三人組だ。

ひょろりと背の高いリーダー格の男の子が、他の二人にぺらぺらとしゃべっている。何を話しているのかは全く分からないが、それが中国語ではなくて、韓国語だというのは分かる。

そいつが、校舎の端っこに座っている慶太に気付いた。

来るな来るな、と思うが、だいたい物事は悪い方に転がるというのを、彼はまだ長くないこれまでの人生で既に経験している。のっぽは二人を左右に引き連れて、慶太の方に向かって来た。

立ち上がり、歩み去ろうとすると、肩を掴まれた。

中国語で何か言われたが、分からない。

首を横に振ると、今度は韓国語で何か言い、三人が嘲るように笑った。

耳が大きく小鬼みたいな顔をしたやつが、慶太の足を蹴った。

それが脛に当たり、痛くてうずくまる。これまでにも、小突かれたことはあったが、痛い思いをさせられたのは、初めてである。さらに暴力を振るわれるのかと予想し、口の中に苦い味が広がった。

その時、韓国人の三人組と、慶太との間に、幼稚園児にしては大柄な体が割って入った。

びっくりして顔を上げると、同じサービスアパートメントに住んでいる中国人の男の子で、挨拶を交わしたことはなかったが、いつも通学バスが同じで顔見知りである。

韓国人の大将が、怒って何かを言ったが、その中国人の男の子は、小太りな体の前で腕ぐみをして、きっぱりとかぶりを振った。

三人組は、顔をしかめて行ってしまった。

「你没事吧」たぶん、大丈夫か、と聞かれているのだろう。

頷き、それから「谢谢」と、知っているわずかな中国語の単語の一つを、初めて口にした。


それから、慶太と、このウェイウェイという男の子は、班（クラス）は違うが、幼稚園でも、それからアパートでも何かにつけて一緒に居るようになった。

子分扱いするわけでもなく、淡々と対等に接してくれる。

ゲームをやったり、玩具で遊んだりしているうちに、中国語も少しずつ覚えてきた。

驚いたことに、ウェイウェイの家では、いつもお父さんが料理をしている。それだけではなくて、掃除や洗濯も、お母さんがしているのをあまり見かけない。

慶太の家のように、あれしなさい、それしちゃだめ、と言われることがほとんどなくて、好きなだけテレビゲームをしていて良いらしいのが、羨ましい。ただし、毎週週末には、塾に通わされ、その宿題だけは、きちんとやらされている。

小学校高学年のお姉さんがいて、慶太には良く分からないしどうでもいいことだが、お姉さんは中国籍だが、ウェイウェイは香港籍なんだそうだ。

いずれにしても、友達ができて、ようやく上海で暮らせそうな気がしてきた。

⑮

谷口は、いささか緊張しながら送信ボタンを押した。

例の匿名メールへの返信である。

水野のアドバイス通り、「真摯に対応したいので、より詳細な状況を教えて欲しい」、という旨の内容を送ることにしたが、顧先生に最低限の情報を提供しつつ、中国語訳をしてもらうのに思いのほか時間が掛かり、しばらく間があいてしまった。

それなのに、数日後には、再度メールが来た。

ごく簡単に、「栄翰貿易（上海）有限公司について調べるように」、と書いてある。

この会社名には見覚えがあった。

承認などで回ってくる伝票類に、たびたび載っている。

林課長に手伝ってもらって調べてみると、梱包材、潤滑油、治具工具などいろいろな物を買っていて、それぞれの金額はそれほどでもないが、足し合わせてみると、年間の購買額は一千万元（約一億七千万円）を超えると知って愕然とした。

定期的なコストダウン努力の対象になる、製造に直接関わる部品・材料はうまく外してある。

勘のいい林課長が、ネット上で価格情報を調べてきてくれた。潤滑油のような製造元が特定出来る汎用品でも、あからさまに高いわけではないが、栄翰からの購買単価よりも安い価格でいわゆる企業間取引プラットホームに掲載されている。梱包材は、特注サイズらしく単純比較できないが、かなり高いように見える。そもそも特注の梱包材を使う必要があるのだろうか。

仮に、栄翰からの購買額全体が、市場価格よりも二割高いとすれば、年間およそ三千四百万円の損失を会社に与えていることになる。上海工場の、年間数十億円という仕入総額からすれば、大した金額ではないが、数十万円・数万円のコストダウンに血道を上げていることを考えれば、莫大なムダである。

「林課長、このことは、当分誰にもいっちゃダメだよ」と口止めをしておいて、席を外し、携帯で販社の水野管理部長に電話を掛ける。

「例の内部通報なんですが、返信メールが来ました」

「そうですか、それで？」

「とある会社名を記載して、調べるようにと書いてあるんですが」

「なんていう会社です？」

「エイカンとかいう会社です、うちの社名にもある栄に、カンはちょっと難しい字です、ええと」と言い掛けたところで、水野は「あっ」と言った。

「どうしたんです？」

「いや」少し間を置いて、「谷口さん、会社名が分かれば、工商局のウェブサイトで登記情報はすぐに調べられますよ」と言う。

「そうなんですか？」

「ええ、検索してもすぐ出ると思いますが、一応、アドレス送りますね」

「ありがとうございます。ところでさっき何か言いかけませんでした？」

「いえ、何でもないですよ」


教わった通りに、ウェブサイトにアクセスしてみる。

会社名を入れると、すぐに企業の登記情報が表示され、その手軽さに驚く。

設立六年、それほど古い会社ではない。

法定代表者は、阮鋼。珍しい名字だが、どこかで見たような気がする。

資本金は五十万元、営業期限は四十年、住所は外高橋。外高橋というのは、浦東にある保税区で、そこに登記上の住所を置く貿易会社は多い。実際のオフィスは、別途市内に構えている場合が多く、つまりこの情報からは、本当の所在地は分からない。

股東（株主）、自然人股東、阮鋼。つまり、この阮鋼という個人が百パーセント保有している会社である。

ページを下に送ると、経営範囲は、機械部品をはじめとする様々な物品の輸出入、それに関わる国内売買、保管・輸送、技術・投資アドバイザリー、調査・コンサルティングまで長々といろいろ書いてある。

執行董事（執行役員）は阮鋼、監事（監査役）は顧文麗。

その最後の三文字に、目が釘付けになった。

これは、顧先生と同姓同名じゃないか。

別人だろうか。

いや、そういえば、夫の名字がこの阮だと、ずいぶん前に言っていた。つまりこれは、本人なのだろう。

他に、行政許可、行政処罰、異常事項といったタブがあったが、特に記録はなかった。

考えてみれば、顧先生を紹介してくれたのは粟野で、彼の現地でのネットワークといえば、仕入先でなければカラオケの女の子くらいだろうから、そういう関係者だというのは、むしろ自然なくらいである。だが、それにしても、ひとこと言っておいてくれても良いではないか。

彼女は、やけに親切にしてくれると思っていたが、それはこちらがお得意様だったからなのか。それを知らずに、いい気になっていたのかと思うと、情けなくも腹立たしい。

しかも、交互とはいえ、何度も食事を奢ってもらっているのは、一歩間違えれば収賄になりかねない。そこで、ふと自分自身が、どこかで現金を渡されたことはなかったか、と考えてドキリとする。

いや、それはない。お釣りの受け渡しくらいはあったかもしれないが、まとまった金額を受け取ったことはない。通報が本当だとすれば、自分ではなく他の三人の誰かである。だが、これだけ広範に仕入れているとなると、相当な金額が裏で動いた可能性もある。

やはり粟野にぶつける前に、顧先生に探りを入れるとしよう。

⑯

二〇一〇年五月一日から、上海世博（万博）が始まっている。

お祭りごとが好きな純子は、前から楽しみにしていた。

だが直人が、仕事がドタバタしているし、開幕早々は混むだろう、半年は続くのだからすぐに行かなくてもいい、と言っているうちに六月に入ってしまった。

同じように考えた人が多かったのだろう。暑くなる前に行こうか、と直人が言い出したころには、連日入場者数四十万人超の大盛況となっていた。結局、開始早々の方が二十万人前後でよほど空いていたわけだが、仕方がない。

家族三人でタクシーに乗り、ゲートの一つ、八号門に乗り付ける。

大勢の人が列を作ったチケット売り場の上から、上海にしては青く晴れた空を背景に、巨大な赤い鳥居を立体に拡張したかのような中国館が見えている。

それを目にした純子は、後ろめたい気持ちが湧くのを抑えられない。実は、万博会場に来るのは、これが二回目である。開幕早々に、レオンが連れてきてくれたのだが、夫にはちょっと言えなかった。その時は、代金を渡したら事前にチケットを入手出来るとかで、売り場の列に加わる必要はなかった。

今日は、並んでチケットを買い、セキュリティチェックでまた並んで通り抜けると、様々に工夫を凝らした形と色のパビリオンが並んでいる。

テーマパークのようでもあり、未来都市のようでもある。これが半年しか使われないというのは勿体ないと思ってしまうのは、貧乏性だろうか。

中に入ると、敷地が広大なため、人で溢れているという感じはしない。

しかし、丸みを帯びた四角い形に無数の棒が突き出て、巨大なタワシのような外見が目を引く英国館は、二時間半待ちとのことであった。金属板でできた岩塊のような徳国館（ドイツ）は一時間半待ち、不揃いに切ったレアチーズケーキの上半分に幾何学模様をちらしたようなロシア館は一時間待ちである。

レオンと来た時には、ツテがあるとかで、当然ながら長蛇の列の中国館に、特別な出入口から入れてもらった。

大人二人ならまだしも、慶太も連れていると、長時間並ぶのはためらわれる。

北欧などのパビリオンでは、ベビーカーを伴った人は、優先的に入場させるという配慮をしていた。

「慶太をベビーカーに乗せてみようかしら」もうベビーカーが必要な年ではもちろんないが、五歳にしては身体が小さめなので、乗れなくはない。

「そんなことしてる人いないって。いや、いそうだな。純子、中国に順応しすぎだよ」

「あら、郷に入っては郷に従えよ」

冗談はさておき、待ち時間が三十分以内のところに入ってみようという話になる。

ポーランド館では、白黒の恐竜の骨のような立体映像が舞い踊る展示があり、思いがけず感心させられた。ベビーカーうんぬんには無反応だった慶太も、声を上げて喜んでいる。

つづいて入ったチェコ館は、展示は地味だったが、レストランが併設されていて、見たこともない料理を提供している。

「いいね、一つ食べてみようか」

慶太が選んだ、牛肉に茶色いクリームソースがかかり、練ったジャガイモを蒸かしたようなものが添えられている料理を三人でつつきながら、地図を見る。

ここはC区で、欧米の国家パビリオンが集められた区画らしい。B区には、大規模なテーマ館と東南アジア・大洋州。A区に、中国館や日本館がある。

「日本館、行ってみたいわね」薄紫の繭のような形をした日本館は、「紫蚕島」というニックネームを頂戴して会期前から評判を呼んでいた。レオンと来たときには、慶太が幼稚園から帰ってくる時間には家に戻らなければならないため、絵やら何やら様々な展示で見ごたえ十分な中国館だけで終わってしまった。

「三時間半待ちだってよ。それに、日本をいろんな国の人に紹介するためにあるんだから、日本人は見なくていいんだよ」そう言われると、それも理屈である。

「じゃあこれ！」

人魚姫の銅像のレプリカが目玉のデンマーク館に向かう。世界三大がっかり名物などと評されているが、青を基調にした巻貝のようなパビリオンの奥底に配置されていると、風情がある。

サバンナの絵の外壁が目立つ、巨大な体育館のようなアフリカ合同館を巡り、イラン館でジャムと薄荷入りの紅茶でまた休憩して、黄埔江沿いに走る無料の巡回バスに乗ってA区に向かった。

左手の対岸には、UFOのようなシアターと様々な企業館のあるD区とE区が見えるが、とてもそちらまでは手が回らない。右手には、巨大な銀のボウルの上にヤシの木が生えたようなサウジアラビア館が目立っている。

「北朝鮮館、入ってみる？」

「えー、どうしよう」

「あっちにしておこうか」とグルジア館を見たところで、慶太から「疲れた」とギブアップが入り、直人が「そうだな、帰ろうか」と言った。朝から午後三時過ぎまで、ほとんど歩き詰めだったから、よく頑張った方だろう。

メインストリートのような、世博軸沿いに歩いて会場の外に出ると、地下鉄の駅がほど近い。

「ねえ、また来ようか？」と聞くと、夫も慶太も微妙な顔をしている。

二人も彼らなりに楽しんだのだろうが、もう充分なのだろう。純子にとっては、様々な国の風物を手軽にちょっとずつ楽しめると言うのは、なんともいえないお得感があるし、それが半年だけの宴だと思うと、全てのパビリオンを見ておきたいような気持になる。

夜のライトアップもなかなかの評判らしい。もう一度レオンに連れてきてもらおうか、と思い、そんなことを平気で考える自分に驚いた。相思相愛の幸せな結婚だと思っていたし、今でもそう思うが、もう七年になるから熱愛でないのは仕方がない、と自分に説明する。

それに家族でいると、どうしたって夫の意見と慶太の都合を優先せざるを得ないが、全てに純子の希望を尊重してくれるレオンとの時間は、癖になりそうな居心地の良さがあるのだ。

⑰

今日は、顧先生と中国映画を観に来ている。

中国語の勉強を兼ねて、ということになっているが、ある意味で、教える教わるという一線は十分に超えている気がする。

それももう二回目で、前回は、妖艶な女妖怪と剣士の悲恋を扱った中華風ファンタジーだったが、今回は、いわゆる日本軍モノである。といってもさすがは映画、単純な抗日がテーマというわけではないようだ。

スクリーンの中は、日拠時代（租界時代の末期、日本軍が実質的に上海を占領していた時期）の瀟洒な屋敷で、人の良さそうな日本人の大佐が、裕福な中国人ゲストたちを接待している。

字幕があるので、だいたいの内容は分かる。大佐は日本語と、訛りのある中国語を話しているが、こんな役者は見たことがない。

「顧さん、あれ日本人？」と聞くと、「いえ、香港人」とのことである。それにしては、日本語が完璧だし、中国語の訛りも香港人ではなく日本人のものなので、吹き替えだろう。なかなか手の込んだことをする。

大佐は態度を豹変させ、ゲストたちを監禁して、一人一人をスパイ容疑で拷問しだした。陰惨この上ない。しかし、今日はこの後、自分も顧先生に詰問しなければならないと思うと、有名女優が演じる可憐な令嬢に、屈辱的な言葉を投げかける大佐に、妙な親近感を覚える。出来ることなら、こんな風にやりたいくらいだ、と少しだけ思う。

結局、考えてみれば配役で分かりそうなものだが、最後に残ったその最もシロそうな女性がスパイで、ゲストは誰一人助からなかった。

前回と同じように、コーヒーを飲みながら、感想を言い合う。

「いやあ、重かったですね。顧さん、こういうのが趣味なんですか？」

「いいえまさか。でも、けっこう話題になってたから観てみようかなって」

「まあでも、テレビでよく流れてる、粗製乱造の抗日ドラマよりよっぽど良かったですよ」

「それにしても、本当にああいうこともあったのかしらね」

一歩間違うと、センシティブな話題である。

「あれは、中国人の脚本家が脚本を書いて、中国人の監督が撮った映画ですよね」と指摘するにとどめる。

「そうよね」

「ところで顧先生、女スパイって職業に憧れます？」そろそろと本題に近づく。

「大変そうだから、いいです」と、目を見開いてかぶりを振った。

「そうですか、でも顧先生、似たようなことやっていますよね」

何が、というように首を傾げる。

「栄翰貿易って会社、ご存知ですよね」

ああ、という顔をしたが、特に困った様子も恥じ入る風もない。

「ご主人の会社ですよね、顧先生も監事をやってらっしゃる」

「ええ、でも私は一切ビジネスには関わってないから」

「うちの会社と取引があるのは、ご存知ですよね？」

「それは一応」

「年間の取引額が一千万元を超えているんです」

「そんなに？」

「ええ。そもそも私にいろいろ親切にしてくれたのも、ビジネスのためなんじゃないんですか？」

顧先生が、谷口の手を取った。

「谷口さん、確かに最初は会社の紹介でした。でも会ってみて、谷口さんだから、お友達になろうって決めたんですよ」

「宮本君にも同じように親切にしたんじゃありませんか？」まるで嫉妬する若造みたいな台詞だが、つい聞いてしまう。

「宮本さんは、あまり中国が好きじゃなさそうでした。中国語も、谷口さんみたいに熱心に勉強しなかったですし。一緒に映画は観てないですよ」とにっこりした。

それでもまだ憮然としている谷口を見て、彼女は中国語で言った。

「我们是真正的朋友啊，如果你不放弃我的话」（私たちは本当に友人です、あなたがもう要らないのでなければ）ニュアンスは良く分からないが、その最後の台詞は、男女関係を連想させる。そういえば、我々の関係は友人以上恋人未満だったのではないか。

「红颜知己？」

「是的」（そうよ）そして、「Miyamoto-san 他不是」（宮本さんは違う）と付け加えた。

「そもそも、その曖昧な関係が、良く分からない」とぼやくと、彼女は、すっと背筋を伸ばして、早口でまくしたてるように言った。

「我是一种变态，对男女都没有兴趣。老公在外面有小三，但我不在意。如果 Tanigushi-san，你真的要我，我可以」

（私は一種の変態で、男にも女にも興味がないの。夫には外に愛人がいるけど、私は気にしてない。谷口さん、もしあなたが本当に私を欲しいなら、いいわよ）

一気にそう言って、さすがに恥ずかしそうに顔を逸らした。なんとなくしか理解できなかったが、いまいろいろと、すごいこと言わなかったか？　こちらの顔も赤くなる。

違う、そうじゃない。少なくとも今は。

「问题不是那个」（問題はそれじゃないんだ）

「那我做什么你相信？」（じゃあどうしたら信じてくれるの）

「我们是真正的朋友，是吗？」（ぼくらは本当に友達だよね？）

「是的」（そうよ）

「顧さん、これから言う内容を、誰にも言わないって約束してくれます？」日本語に切り替える。

「はい」眉をひそめて頷くので、先日返信を書くのを手伝ってもらった、その元の匿名の通報と、二通目で栄翰貿易の会社名が知らされた次第を話す。

「ご主人が、うちの駐在員の誰かに、現金を渡しているということはあり得ますか？」

「分からない、私は知らないです」

「一番の問題は、栄翰貿易から買っている物の値段が、市場価格よりも高いことなんです」

「谷口さん、夫と話をしたらいいですよ」

それはそうだ。顧さんが、ビジネスに一切関わっていないというのは本当だろう。

だが、仕入先のオーナーと直接話をするのであれば、その前に、社内で了解を得ておくのが筋だ。だが、その理由をどう説明しようか。

「ええと、ちょっと考えさせてください」と、ひとまず言う。

⑱

旧フランス租界のシンボルであるプラタナスの並木が、オレンジ色の街灯に照らされている。

宵闇に沈んだ衡山路から少し路地を入った、一見、民家にしか見えない、白いペンキの禿げた古びた木の扉を開けると、中はレトロな内装のこぢんまりとしたレストランであった。全面に小さなタイルが張られた床は、租界時代からの物だろう。

「あっら、いいお店ねぇ」早速声を上げたのはマリさんだ。

今日は、奥様四人での食事会である。

直人には、今日は早く帰宅して、夕食は慶太と外食か出前で済ませるように頼んで出てきていた。こうやって夜に外出をするのも、月に一、二度であればいいよ、と言ってもらっている。

店内には、若い中国人の女性スタッフと、キッチンの中に居るシェフの二人だけのようだ。

一緒に来店した他の三人は、同じサービスアパートメントに住む山田アサミさんのご主人は専門商社、上品な雰囲気のエツコさんのご主人は大手銀行にお勤めで、上海駐在二回目の中国ベテラン、よくしゃべるマリさんのご主人は日用品メーカーで、要するにみな駐在員妻である。

年の頃は、アサミさんとエツコさんは少し上、マリさんは少し下だろうか。

席に座るやいなや、いろいろな話で盛り上がる。こういう奥様方との付き合いは苦手だと思っていたが、海外に居て似たような境遇だからか、すぐに仲良くなった。

「ねえねえ、アイさん使ってる?」アイさんとは、お手伝いさんのことである。

「私は使ってない。サービスアパートメントだから」

「うちもそうだけど、子供が二人もいると家事が多くて。週三で来てもらってて、助かるんだけど、どうにも落ち着かないって言うか、お菓子とかがなくなるのよね。やっぱり食べちゃってるのかしら」

「お菓子くらいならいいわよ、貴重品に気を付けないと」

「うちのアイさんは、料理が上手で助かってるわ。あ、けどこないだ変なもん作ってた。魚の頭の煮込みみたいな。主人が頑張って食べてたけど、泥臭くってあれはないわ」

「料理はやっぱり、自分でやりたいわね」

「エツコさんマメね。外で食べても結構安いじゃない。うちはどうしても外食が多くなっちゃって」

「あっら、このコロッケ美味しいわ」

「フォアグラ入りだもの」

「太りそう」

奥様方の弾丸トークは留まるところを知らない。

「ところであれ、どうなのよ」

「あれって?」

「シマよシマ」

「シマね」中国における日本人社会で「シマ」と言えば、尖閣諸島問題である。万博も終盤という頃に、何がきっかけか日中間の大問題になった。そういう、政治的に敏感な話は、中国人相手には持ち出さないし、こちらに持ちかけてくる中国人も滅多に居ない。もし話題になっても、そういう大きなことは、我々小市民には関係ない、という態度をとる中国人がほとんどだ。不都合な話には触れないというのが、一種の不文律になっているのかもしれない。なので、こちらにいる日本人同士も、そういう話題は避ける傾向があるが、マリさんは気にしていないらしい。

「家族を日本に帰らせる会社も出るかも、っていうじゃない?」

「そうなったらいやだわ、上海楽しいもの。なんだかんだ言って、アイさんいるとラクだし」

「また反日デモとかになったら、怖いわね」

「こんなことを言うと、怒られるかもしれないのだけど」エツコさんが少しためらうように言った。

「尖閣問題についてネット上でまとめたものを見るじゃないですか。そうすると、歴史的にどうみたって日本の領土だって、いろいろ説明があるでしょ。中国はなんて理不尽なこと言ってくるのか、と思うじゃない」

「そうよねえ」

「ところがね、中国語版のサイトを見ると、それはもう、いかに中国固有の領土であるかというのが理路整然と書いてあるのよ。それが正しいかどうかはともかく、そういう情報を、中国の人たちは見てる、ってことよね」

「すっごいわね、エツコさん中国語フツーに読めるの？」ちょっと深い話が出た気がするが、さらっと流された。

「いやもう長いから」

「私はサバイバル中国語で、会話はどんとこいだけど、ぜんぜん読めない」

「私も大学の講座で勉強してるんだけど、全然上達しないわ」と口を挟んでみる。一度、レオンに中国語で話してもらうように頼んでみたが、会話にならずに英語に戻ってしまった。レオン……。

アサミさんが言った。

「ねえ、ここはそろそろ閉店だから、バーに行って飲みなおす？」

「いいわねぇ」

二軒目も、やはり租界時代の建物を改装した店で、二階のバーには枯れた感じの日本人のバーテンダーが入っていた。

ソファー席でテーブルを囲み、ワインを入れて四人でシェアする。

上海のタクシーは安いので、終電を気にせずに飲んでいられるのがいい。

ワインの二本目が空になった。

「マリちゃん、ちょっと飲みすぎじゃない」

「そろそろ帰ろうか」

通り掛かるタクシーを他の三人に譲り、一人最後に残ってから、店に戻った。

もう十二時を回っていたが、一人で飲み直したい気分なのだ。

こんどは、バーカウンターに座り、甘いカクテルを注文する。

「マスター、上海長いの？」

「五年くらいですかね」

「ふうん、なんでこっちに来たの？」

「そうですね、五十歳になったからチャレンジしようと思って」

「五十歳っていったら、ふつう落ち着いてるもんじゃないの？」

「まあ、チャレンジしたい状況があったっていいますかね」

「そう、いろいろありそうね」

少し躊躇ってから言う。

「ねえ、ちょっとここだけの話、聞いてくれる？」

夫にも奥様友達にも絶対に言えないが、どうしても誰かに聞いてもらわずには居られない話があるのだ。

レオンという現地の青年と知り合って、何度かデートを重ね、求められてつい身体を許してしまったこと、そのあと実家に帰るとの連絡があったきり、ぱったりと音沙汰がなくなったことを話した。

「それ、泡良ってやつかもしれませんよ。良家の子女を口説いて、落とすまでをゲーム感覚で楽しむのが、頭のいい若い男の間で流行ってるとか」バーテンダーが、申し訳なさそうにコメントした。

そうか、それかもしれない。

だが、実家に帰ると言うのがウソで、キャンパスでばったり会ったらどうするのだろうか。そもそもあの大学の学生ですらなかったのだろうか。

黙り込んだ純子に、バーテンダーが言った。

「未練があるんですね？」

どうだろうか。情が移っていないと言えばウソになる。だが、あまりに唐突に連絡がつかなくなったので、気になっているのがほとんどのようにも思える。これまで、ちやほやしてくれたのに、急に居なくなり、裏切られたとは感じるが、怒りは湧かなかった。

「わかんない」

「風流留情、下流留精。遊び人は情を残す、エロいやつは精子を残す、って意味ですけど、ずるずる続けても、いいことなかったんじゃないですかね」

それも、そうかもしれない。夫に知られたり、避妊をしくじって面倒なことになったかもしれないと思えば、これで良かったのだろう。

「こんな話、聞いたことあります？」バーテンダーが、語り口調になる。

「中国のとある街で、ナンパされた女の子が、ホテルの部屋で目覚めたら、氷水でいっぱいの風呂に浸かっていました。壁にメッセージがあって、すぐに病院に行くように、でないと死ぬよ、と書かれていました。風呂から出てみると、背中に二本の長い傷があって、腎臓を両方とも取られていましたとさ」

ゾッとして顔をしかめた純子に、バーテンダーが肩をすくめた。

「まあ、いわゆる都市伝説だと思いますけどね」

だが、そんなことがあってもおかしくはないと思わせる話だ。自分は、誰にでも付いて行くような女ではもちろんないが、本当にタチの悪いプロにかかれば、ひどい目にあわされたかもしれない。

レオンの柔和な顔を思い出して、君がそんな人じゃなくてよかった、楽しいひと時をありがとう、と心の中だけで呟いた。

顧先生から、来週の土曜日のレッスンの代わりに、夫の阮を紹介しましょう、場所は自宅でどうですか、と言ってきた。

となると、実際に会う前に、やはり社内で筋を通しておかなければなるまい。

会社の食堂に、駐在員四人が揃ったタイミングで、何気なく切り出す。

「粟野さん、紹介してもらった中国語の先生に、とても良くしてもらっているんですけど、ご主人がうちの仕入先のオーナーらしいんですよ。こんど紹介したい、って言われているんですけど、会っても大丈夫ですよね？」と、わざと総経理と酒井部長にも聞こえるように言ってみる。

「え、ああ、いいんじゃないですか」と粟野が答える。三人の様子を伺うが、特に変わった反応はない。

とりあえず、これでいいだろう。

⑲

顧先生の自宅に伺うのは初めてである。近年開発された、新しいマンション群の一つで、噴水が中心にあるロータリーを囲んで、数棟の高層マンションが建っている。

伝えられた通りに、棟と階と号室を探し当てると、扉にはいかにも中華な赤と金の糸細工が飾られていた。

呼び鈴を押すと、すぐに顧先生が出迎えた。

「谷口さん」「顧さん」お互いの名前と視線だけで会釈を交わす。

また、あの古風な翡翠と金のペンダントをしている。

中に入ると、広いリビングの中に、ソファーセットやダイニングテーブルなど洋風の家具と、紅木の下駄箱や丸椅子など中華風の家具が混じっている。

間取りは4LDKだろうか。現地の基準でいえばもちろん高級な住宅に違いないし、昨今の上海の地価からすれば億円を超えるかもしれないが、案外と普通である。

六十インチはありそうな大きなテレビの前に、電子ゲームのセットが置いてある。子供は居ないはずなので、ご主人の物だろう。

バタッと奥の扉が空いて、洗面所から、丸顔にニコニコと笑みを浮かべた小男が姿を現した。

「啊，你好你好」

活力あふれる感じだが、外見的には（顧先生と釣り合うような）大いに魅力的な男性とはいい難い。

「夫の阮です」顧先生が日本語に続けて、「这位是谷口先生，我的到目前最好的学生，也是个很好的朋友」（この方は谷口さん、今まで一番いい学生で、とてもいい友人です）、と中国語で紹介した。

「幸会」（会えて光栄です）

阮氏が手を差し出す。金無垢だろう高級腕時計を嵌めているが、着ている物は安そうなポロシャツにジーンズで、そのギャップがいかにも中国らしい。

「请多关照」（宜しくお願いします）

握手を交わすと、しっとりと汗ばんでいる。彼も緊張しているのだろうか。

ソファーに座るように勧めながら、阮氏が満面の笑顔で言った。

「老婆说，你中文学得蛮好」（家内が言うには、中国語をよく勉強されているそうで）

「没有没有」（いえいえ）まだまだです、と言いたいがどう表現していいのか分からない。

そういえば、夫婦で日本にいたはずだが、日本語を話すつもりはないらしい。中国語で会話をすることで、主導権を取ろうとしているのだろうか。

顧さんが、中国茶器のセットと果物を出してきた。これは、ゆっくり仲良く話をしてください、という意思表示だろう。

「谷口先生，老婆的朋友当然是我的朋友」（谷口さん、家内の友人は当然私の友人です）そういう表現は嘘くさいが、ひとまず無難に礼を言う。

「谢谢」（ありがとうございます）

「ええと」聞く分には、だいたいなんとなく分かるが、本格的な話をこちらから中国語でするのは難しい。

「日本語でいいですよ」顧先生が、助け舟を出してくれる。

「ありがとうございます。いろいろお世話になっています」とまずは頭を下げ、それから軽いジャブを放ってみる。

「うちの会社の者とも、いろいろお付き合いいただいていますよね」と言うのを、顧先生がほとんど同時に通訳してくれる。

「そう、小野総経理、粟野部長、それから販社の内村総経理も知り合って長いです」阮氏が答え、続けてガハハと口を開けて笑って言った。

「だいたい何をあなたが話しに来たか知っていますよ。遠慮はいらない、あなたが聞かなければならないことを全部聞いてください」

よし、それならば単刀直入に話させてもらおう。

「二つ問題がありまして、一つは、御社から買っている品物が、市価よりも高い傾向があることです」

阮氏は、妻の翻訳に聞き入ったあと、初めて笑顔を消して、真摯な表情で言った。

「細かい事は把握していないが、貴社の必要な時にいつでも出せるように倉庫にストックしたり、良いサービスに努めているために、コストが高くなっているのではないかと思います。そのあたりも含めて精査して、もし本当に市価より高い品目があれば、値下げするのはやぶさかではありません」

これは、本心で言っているのだろうか。それとも、口先だけで言いくるめようとしているのだろうか。もっともらしく聞こえるが、潤滑油あたりをわざわざストックしてもらう必要はないだろう。いろいろと社会経験を積んできては居るが、仕入先との折衝の専門家ではない。一人で乗り出してきて良かったのだろうか、と不安が胸をよぎる。

阮氏が畳みかけた。

「すみません、谷口さんは管理部長ですよね。もちろん、管理も購買に関係あると思いますが、これまでのところ、粟野部長が担当する領域でお取引いただいていました」

痛い所を突いてくる。お前は直接の担当じゃない、と指摘しているのだろう。

「管理部門が担当している購買についても、トータルに妥当な条件なら、扱ってくれますか？」なるほど、阮氏の方も、会いたい理由があったわけだ。

「そうですね、生産関連も管理も、より有利なところから購買するのは当然です。ですが、やっぱり価格が一番重要だと思います」

「分かりました、誠心誠意、努力しますので、ぜひ宜しくお願いします」また、大きな笑顔を向けてきた。

先方にとってみれば、見直しが入れば、既存の取引を失う恐れもあるが、新規の取引を獲得出来る可能性もある。こちらにとっては、結局のところ、適正な価格と条件で取引出来るのであれば、問題の第一は解決される。

お互いに妥当なところだろう。阮氏は、さすが中国人ビジネスマンらしく、逞しく抜け目がない。こちらの基準で言えば、頭が良くて、金も持っている男性は、それだけで十分にモテる。やはり賢くて、どこか危ういところのある顧先生とは、実はけっこうお似合いの夫婦なのかもしれない。

阮氏は、話は終わったとばかりに、ソファーに背を預け、「谷口さん、果物を召し上がってください」と勧めてから、顧先生に上海語でなにやら話しかけた。そうか、この二人だけの時は上海語で、わざわざ普通話で話してくれていたのは、多少なりとも直接意思を伝えたいという配慮だったのだろう。

だが、まだ話は終わっていない。

「もう一つの問題ですが」と言うと、阮氏は、ああそうでした、いう体でまた身を乗り出した。本当に忘れていたのか、演技なのか。

「通報がありましてね。うちの日本人で、御社から現金を受け取っている者が居るという」顧先生が、通訳しながら居心地が悪そうに身じろぎをした。

阮氏が、またガハハと笑って言った。

「酒井部長には出していません」

唖然とする。

当然否定するだろうと思いきや、これでは認めたも同然である。酒井を除外するというのは、そういうことだろうか。

「小野と粟野には、渡しているんですか?」思わず聞いてしまう。

阮氏は、それには答えずに、「谷口さんにも差し上げますよ」と言うので、思わず知れず顎が落ちた。

「阮さん、それは不正ですよね。少なくともその金額分、会社に損害を与えている」

こちらの真似をしたわけでもないだろうが、こんどは阮氏の方がびっくりした表情をした。

「日本人がまじめなのは尊敬しています。だけど、そんなに固く考えなくてもいいですよ。中国では、決定権を持つ者が、数パーセントのマージンを受け取るのは、ごく普通のことです。ポジションに伴う権利みたいなものですよ」と真顔で言った。本当にそう思っているのだろう。少なくとも、最初に価格の話をした時の真摯を取り繕ったような顔よりも、よほど真実味がある。

「それに、日本人は個人よりも、組織で行動しますよね。谷口さんの考えは尊重しますが、小野さん粟野さんと相談して、御社としてどう対応するか、決めてもらえませんか」

これまた鋭い指摘である。後半は、まるっきり立派な商談のような台詞だが、内容といえば、賄賂を受け取るかどうかである。思わず失笑すると、阮氏は言った。

「我只是想帮助朋友，要一起赚钱而已」（私は、朋友を助けて、一緒に金儲けをしたいだけなんです）

これも、心底そう思っているようだ。

「我也在想与你交个好朋友」（私も、あなたといい友人になりたいと思っています）と言って、再度握手を求めてきた。

⑳

さて、どのように社内で話をしたものか。粟野だけならともかく、総経理も同じ穴のムジナだとすると、根が深い。

いっそ、何も知らなかったことにしてしまいたくなるが、それで問題がなくなるわけでもない。いずれより大きな形で噴出するかもしれないと考えると、放置しておくのも無責任に過ぎるだろう。


月曜の朝の車の中では、みないささか不機嫌そうにしている。さすがにちょっと言い出せない。

朝礼を終えて、普通に勤務を始めてしばらくすると、電話が掛かってきた。

「松山だが、谷口君かね」しわがれた甲高い声。

「あ、はい、谷口です。専務、ご無沙汰しております」思わず背筋を伸ばして返事をすると、林課長が珍しそうな顔でこちらを見た。普段とずいぶん口調が違うからだろう。

この松山専務というのが、日本本社の管理担当役員で、要するに直系の上司の上司である。この人が営業派の社長と組んだから、今の会社の体制があると言っても過言ではない。

専務は、前置きも気遣いもなく、要件を切り出した。

「あのな、社長宛てにファックスが来た。上海工場の小野総経理が、仕入先から現金を受け取っていると書いてある」

冷汗が出る。

「本当だと思うかね？」

相手はなんといっても、会社の重役で管理部門のトップである。あからさまな嘘はつけない。

「実は、現地でも同じような通報がありまして、独自に調査していたところです。仕入先のオーナーと話をしまして、おそらくは事実だろうという感触を得ています」

「これから総経理とどう話をしようか、と考えていたところでして」と言うのを、専務が「分かった」と遮って、ガチャンと電話が切れた。

呆然とする。

どういうことだろう。阮氏を訪問して、次の営業日に本社から電話が掛かってくるというのは、タイミングとして出来すぎていないか。


こうなると、とりあえず状況を話すしかない。

総経理室に向かい、普段は開いたままにしてある扉を閉めると、小野総経理が、驚いたようにこちらを見た。

「谷口君、どしたの」

「大事な要件でして、二十分ほどお時間をいただけますか」と断って、しばらく前に通報があり、栄翰貿易という会社の名前が出たこと、購買価格が市価より高い傾向にあること、週末に阮氏を訪問した時のこと、そしてさきほど松山専務から電話があったことを話すと、総経理は深い溜息をついた。

「背中を刺すような形になり、申し訳ありません」

「いや、いいんだ。君のせいじゃない」

総経理は、窓の外を見て続けた。

「やられたよ。はめられた。あの会社、内村さんの紹介だったんだ。小回りの利くいいベンダーがいるから、使ってみねえがって。それで取引を始めてしばらくしたら、むこうの董事長から、どうしてもいくらか渡したいって言われたんだ」

「阮鋼ですよね」

「そうそう。もちろん断ったよ。そしたら、どこから知ったのが、銀行口座に振り込んできた。返金しようとしたけど、なんでも先方の情報が足りないからできねえとかで、金額も大したことはながったし、そのままにしてしまったんだ」そう言って、小野は溜息をついた。

「そうしたら、毎月少しずつ振り込まれるようになった。合計すれば、ちょっとした額になるよ。最初にきちんとしておくべきだったなあ」

一体、どういうことか。中国経験の長い販社の内村社長が、仕入先を紹介すること自体は、さほどおかしくない。あの阮氏なら、商売を広げるために、関連会社への展開を狙いそうだ。

だがそこから、小野総経理への攻撃材料に使うために、内村社長の指示で、阮氏が賄賂を出したのだろうか。だから一昨日、阮氏は否定しなかったのだろうか。そもそも、最初の通報も、自分に調査をさせるための差し金だったのだろうか。

しかし、間違いなく、内村社長も阮氏と癒着しているだろうし、小野総経理よりも、よほどたくさんもらっているだろうから、一歩間違えば、自分にも火の粉がかかる両刃の剣だ。本社の誰かの指示を受けて、策を弄したのかもしれない。

本社の役員フロアは伏魔殿、という噂は聞いていたが、本当にそうなのだろう。


その二日後、小野総経理に対する本社辞令が出た。

日本に帰任し、そのまま四国のサービス会社の社長として出向せよ、という酷い左遷人事で、しかも一週間以内には帰国すること、との条件付きである。

何か出るだろうとは思ったが、ここまで早く苛烈な処分になるとは、予想を超えていた。

酒井と粟野も、もちろん驚愕したが、本社の政治的な事情であろうと察したのか、何も聞かない。

一週間後に後任が来るはずもなく、暫定的に総経理業務を三人の部長で代行するために、あわただしく引継ぎが行われた。


「谷口君には、ボトルも引き継いでもらおかな。あの二人だと、一晩で飲み切りそうだし。君は介錯人なんだから、ちゃんと最後まで頼むよ」などと言われては、断れない。

その晩の行き先は、馴染みのカラオケ店。

いつも通り、楽しく喋ろうとするエイコを止める。

一度だけ見かけた、ミサキとかいう大柄な美人が、ボトルと水割りのセットを持って来ると、総経理はボトルのラベルに書いてある、小野という二文字を消して、谷口と書き直した。

そして、急な帰国が決まったと告げて、何も文字も模様もない、白い紙袋をテーブルの上に置いた。

「なにこれ」

ミサキが取り出した紙袋の中身は、分厚い札束であった。

財務を担当してはいるが、まとまった現金を目にする機会はなかなかない。厚みが十数センチあるから、二、三十万元だろう。愛人関係の清算は、その半分くらいが相場だと聞いたことがある。

「受け取ってくれ」

「要らない」

「生活費は渡していたじゃねか」

「あれは生活費だから」

押し問答が続いたかと思ったら、「我不是要你的钱」（あんたのお金が欲しいんじゃないのよ）とミサキが叫んで、札束を叩きつけ、そのまま部屋から出て行った。

赤い百元札があたりに飛び散り、小野が硬い表情で俯いている。

エイコと共に、床に飛び散った紙幣を拾い集める。

それを整えて紙袋に戻しながら、エイコが溜息をついて、耳元で囁いた。

「如果你给我这么多钱，我回老家生你的孩子」（こんなにたくさんのお金をくれたら、田舎に帰ってあんたの子供を産むわよ）

エイコの顔をまじまじと見ると、「我累了」（疲れた）と言う。

一瞬、阮氏からお金を受け取って、そんな風に使ったら彼女も喜ぶのかもしれない、などと考えてしまい、それを慌てて打ち消すと、ふと不思議な悟りが訪れた。

一回きりの関係で千五百元を渡しても、それなりに情が湧くことはあるし、それが何回と重なると、なおさらである。

小野総経理とミサキのように、一緒に住んで生活費を渡すとなると、結婚しているかどうかは、登記の有無でしかないかもしれない。特に中国では、いや中国に限らず豊かさが行き渡っていない地域ではどこもそうかもしれないが、結婚には、家や車の資金をどう出して所有をどうするかなど、経済取引としての色彩がつきまとう。先進国では、愛情が最も重要だという体裁を取り繕うが、収入・資産さらには容姿・性格・学歴・出身などと共に、重要だが一つのファクターに過ぎないという点では変わらない。

冗談半分にせよ二、三十万元でシングルマザーをやろうとは、誰にでも持ちかける話では決してないだろう。金の他には何も求めない提案に、ある意味で、より純粋な愛情を感じるのは、間違っているだろうか。

いろんな男女関係の可能性が、境界なくグラデーションのようにつながっていて、結局のところ、その良し悪しというのは、提供するお金と時間の量に対して、得られる愛情の量が、バランスしているかどうかに尽きるのではないか。

㉑

冷たい風の吹く高架を、タクシーが走る。

南浦大橋に差し掛かると、右手に万博会場が広がっているのが目に入る。いやもう跡地と言うべきか。上海万博は終わったが、中国館をはじめとして、パビリオンのいくつかは残され、そのまま記念館などになるらしい。


総経理が、見覚えのある紙袋を取り出した。

「谷口君、これ会社のために使ってくれ」

「ええと、いいんですか?」

「これな、ちょうど阮さんにもらった金額なんだ。そんなカネ、ミサキが受け取らないのも無理ねえな」

「彼女、知ってるんですか?」

「いや知らない。たぶん急すぎて、日本に帰任だって信じてなくて、単に終わりにしたがってると思ったんじゃねえがな」

「ほんと、急ですよね」

「今回の辞令な、懲罰人事だとはどこにも書いてない。受け取った金を会社に返納するようにとも言われてねんだ」

総経理はそう言って、寂しそうに笑った。

「まさか、君も受け取らないなんて言わないでくれよ。こんなに持って出入国できねえしな」と差し出すので、仕方なく引き取る。これは会計帳簿でどう処理したものか。このまま小金庫（裏金）に入れてしまえば、いざ必要になった時に便利であるが、手を付けてしまう誘惑に自分がかられないという絶対の自信がない。いっそのこと、顧先生を通じて、阮氏に返してしまおうか。だが本来、会社の利益となるべき金額である。そんな逡巡をしているうちに、タクシーはどんどん進む。

浦東空港に着いて、スーツケースを運び、金銀カード所持者用のＶＩＰブースでチェックインを済ませる総経理に付き添う。

セキュリティチェックのゲートに入る前に、総経理は何も言わずに、手を差し出した。乾いていて暖かい。ふと、それと対照的な、阮氏の湿った手と、軽薄だが憎めない笑顔と、抜け目のない鋭さを思い出した。

小野に仕えたのは、一年ちょっとの短い期間だったが、信念を持った製造マンで、それなりに有能な経営者だった。そういう人材を、社内の権力闘争で葬ってしまうのは、甚だしい資源の浪費だとしか思えない。

こんな派閥間の足の引っ張り合いみたいなことばかりをやっていては、日本企業が国際的な競争に勝てないのも無理はない。

人ごみに消えていく小野の背中を見ながら、そう思った。

小さくてもいい、自分に出来ることからやっていこう。まずは、酒井・水野あたりと腹を割って話してみようか。

【時代と背景の解説】

筆者は、２００７年3月に上海に赴任し、２０１９年1月に日本に帰国したのだが、その間の約十二年で、中国のＧＤＰは日本を抜き、さらに約3倍にまで成長した。

中でも、２０１０年の上海万博前後というのは、最も変化の著しかった時期で、特に上海の街では、新たな地下鉄路線や洗練されたショッピングモール・オフィスビルが大量に建設され、水道からは透明な水が出るようになり、人々のマナーも大きく向上して、車はクラクションをむやみに鳴らさず、春節の花火や爆竹が規制され、地下鉄では（少なくともラッシュ時には）降りる人が先に降りられるようになった。

もちろん、その後もダイナミックに変化を続けており、小説部分の描写が既に当てはまらなくなっている状況も多々あることをご承知おきいただきたい。その意味では、この万博編も、（現代小説ではなく）エキサイティングな過去の一時代の紹介である。

近年では、スマホアプリによるキャッシュレス化が進んで、現金が必要となる局面が皆無で、オンラインショッピングとデリバリーサービスの便利さと安さは、日本と比較にならない。先日（２０１９年１２月）出張した際には、高鉄（新幹線）を、外国人でも紙の切符無しで、パスポートとスマホの予約画面で乗れるようになっていたので感激した。

ここ百年を例外として、それ以前の数千年に亘って、中国は、日本が近隣の大国として最も意識し、また影響を受けてきた外国であった。今また、好むと好まざるとにかかわらず、そういう存在になってきている。

ぜひここで、一言申し上げたい。

中国人は怖くない。

中国という国そのものには、共産主義の警察国家という面がある。しかし、個々の中国人は、政治や経済のような雲の上の話は、俺たち庶民には関係ない、と距離を置いた態度をとる人が圧倒的多数であり、また日本人と見るや、歴史や領土問題の話を吹っ掛けてくるような者もごく稀である。

広い国土や文化的背景から、旅行先など二度と会わない相手を騙すことをためらわなかったり、ルールの抜け穴を悪用するような傾向があることも認識しておきたい。その一方で、体力よりも頭脳の価値観が徹底し、兵役もなく、女性が相対的に強いためか、威嚇的な言動をとる男性はほとんどいない。

街で接するタクシーの運転手や店員などは、（日本の感覚からすると）非常に態度が悪いこともある。しかし、ある程度教養のある、オフィスワーカー等は、総じて人当たりがよく、むしろシャイに感じるほどで、一緒に仕事をしていて居心地が良い。それは、世間一般はこうであるとか、この集団においてはこれが当たり前である、といった価値基準を押し付けてくることがないことによる。

中国の学校では、基本的にイジメがないそうで、これも、人と異なることに対する許容度の高さが、子供の頃からの習慣であることを示している。従来一人っ子が多く、自分も我儘であるがゆえに、他人も我儘であることを前提に行動するのかもしれない。

中国人と深く交流するためには、（双方の英語が流暢であるか、先方の日本語が達者でない限りは）やはりどうしても中国語が必要になってくる。

翻訳アプリの性能もどんどん上がってきていて、これはこれで大変便利なものであるが、そんなものを使わなくても、漢字が共有されている日中間では、筆談でかなりの程度のコミュニケーションが可能である。

それにつけても、少しでも中国語と簡体字に親しんでいれば、意思疎通のレベルが格段に上がる。明治期まで、日本における教養人の素養の第一は漢文、すなわち中国語であった。現代においては、まず英語が第一にくるのは当然であるが、欧米では隣国の言語を多少なりとも習得する人が多い。中国語をかじってみることをお勧めしたい。

本書が、中国および中国人に対して、より前向きでより客観的に取り組めるように、少しでもお役に立てば、何よりの幸いである。

また、中国におけるビジネスに関わりのある方には、ぜひ以下の拙著も手に取ってみていただきたい。

「攻めと守りで成功する中国事業の経営管理」（２０１７年、中央経済社）

「事例でわかる中国子会社の部門別リスク管理」（２０１０年、中央経済社）

著者紹介

原 国太郎（はら くにたろう）

京都大学経済学部卒。大手コンサルティング会社を経て、大手会計事務所におけるリスクアドバイザリー業務に従事し、2007年より2018年まで上海に駐在。2019年日本に帰国して独立し、現在は経営コンサルティングと投資業を営む。
他の著書に「内部統制で現場の仕事はこう変わる」（ダイヤモンド社）、「中美日企業内部統制実務」（復旦大学出版社）、「事例で分かる中国子会社の部門別リスク管理」（中央経済社）、「攻めと守りで成功する中国事業の経営管理」（中央経済社）がある。

東方今昔奇譚《とうほうこんじゃくきたん》

2020年11月26日　第1刷発行

著　者　原 国太郎

発行人　久保田 貴幸

発行元　株式会社 幻冬舎メディアコンサルティング
〒151-0051　東京都渋谷区千駄ヶ谷4-9-7
電話　03-5411-6440（編集）

発売元　株式会社 幻冬舎
〒151-0051　東京都渋谷区千駄ヶ谷4-9-7
電話　03-5411-6222（営業）

印刷・製本　シナジーコミュニケーションズ株式会社
装　丁　荒木 香樹

検印廃止

Printed in Japan
ISBN　978-4-344-92965-4　C0093
幻冬舎メディアコンサルティングＨＰ
http://www.gentosha-mc.com/